ダブル・イニシャル

新津きよみ

角川文庫
17416

目次

二つ持っているものは、ほしがっている人に、迷わず一つあげなさい。

プロローグ

1

久しぶりに飲むサイドカーは酸味がきつかった。目の高さに掲げたグラスのオレンジ色の液体に矢口（やぐち）の顔が浮かぶ。四角い顔とややつり上がった目は、高校時代の面影をそっくり残していた。卒業後、二十年あまりがたっても変わらない。

渡した名刺から顔を上げた矢口は、眉（まゆ）をひそめた。

「おまえ、苗字（みょうじ）が変わったんじゃなかったか？　そう聞いたけど」

「仕事では通称を使っている。いままでどおり『高田（たかだ）』だよ」

「戸籍名は？」

「福地（ふくち）だけど」

「へーえ、福地か。何かイメージじゃないな」

矢口は首をかしげて、「婿養子にでも入ったのか？」と聞いた。

そういう質問には慣れっこになっていたから、俺は「違う」と否定した。「結婚して、妻の姓になっただけだよ」

「奥さん、ご令嬢か。で、おまえは逆玉か？」

面と向かって露骨にそう聞かれたのははじめてだったので、さすがにムッとして、「違うよ。うちの奥さんは、普通の家庭で育った普通の女だよ」と、俺は怒気を抑えた声で答えた。そして、無神経な質問を続けられる前に言葉を継いだ。

「彼女は研究者なんだ。名前が変わることによって被る不利益が多くてさ、それでこっちが改姓することにした」

「ふーん、そうか。勇気あるよな、高田は」

矢口は、それ以上、突っ込んで尋ねてはこなかったが、その態度が〈妻の姓に変える男になんて興味はない〉と示しているようで、癇に障った。

——だから、同窓会なんて出るのは嫌だったんだよな。

グラスに口をつけて、俺は小さなため息をついた。それで、いままで同窓会開催のハガキやメールを無視してきた。しかし、景気の悪化に伴い、勤務するIT企業の経営状態も芳しくないいま、万が一の場合を考えて少しばかりコネをつけておいたほうがいいかな、と人脈を広げる意味でも同窓会に出席してみたのだった。三十九歳になれば、重要なポストに就いている者もいれば、転職経験がある者もいる。同世代の彼らの生き方を参考にすべき年齢かな、と考えた。入り口で渡された出席者名簿を見たら、女性以外で旧姓が添えられていたのは俺だけだった。同窓会の事務局に「現在の姓」を書いて送った憶えはあったが、「旧姓」と「戸籍名」の両方を名簿に載せられるとは思わなかった。

仕事では通称の高田を使ってはいるが、給料明細や健康保険の名義は戸籍名の福地だ。正式な文書だからと説明されたが、同様に、同窓会名簿も正式な文書だというのか。運転免許証や銀行口座などの名義変更のために、有給休暇をとった煩わしさを思い出した。こんな不便な思いを世の女性たちは当然のように味わっていたのか、と女性に対して不思議な共感を覚えもした。それだけ自分は理解のある進歩的な男なのだ、と自負してきたのに、同性からの評価が低いのはなぜなのか。矢口の言葉には、〈強い奥さんに押し切られて、おまえが名前を変えたんじゃないのか〉というニュアンスが含まれていた。

矢口の言葉は、両親の言葉を想起させた。

「なぜ、あなたが高田姓を捨てなければならないの?」

結婚を機に妻の姓にすることを切り出すと、おふくろに嘆かれた。

「彼女は大学でいろいろ研究しているし、海外での論文発表なんかもあるから、名前が変わることによって、せっかく積み重ねてきたキャリアが正確にカウントされないおそれがあるんだよ。パスポートの姓と論文の姓との違いなんかを説明するのも面倒だしね。彼女の勤める大学では、結婚して名前が変わったら新たな姓を使うように決められていて、通称使用ってわけにはいかないんだ」

　わかりやすく説明したつもりなのに、おふくろははなから聞く耳を持たなかったみたいで、いやいやと盛んに頭を振っていた。

「あなたをあっちの家にとられてしまうじゃないの」

「婿養子に入るわけじゃないから」

　おふくろの不安を払拭するために、制度を解説した文書を示しながら説得したが、最後には泣かれてしまった。

「いいじゃないか。うちには男の子が二人いるんだし」

　積極的に賛成するわけではないが、まあ、仕方がない、とおやじのほうは折れてくれた。俺は次男でよかった、と兄貴に感謝した。その兄貴は当時はまだ結婚していなかったが、両親の期待に応えるかのようにその二年後に幼なじみと結婚して、実家を二世帯住宅にして住み、弟の分まで親孝行している。そして、弟の俺より先に子供を作った。うちはまだ子供はいない。あんなに大騒ぎしたおふくろも、いまは長男の家族との同居に満足しているらしく、思い出したようにしかわが家に電話してこない。

二次会から新たに加わる同窓生もいると知り、配慮を欠いた質問が向けられるのを避けて、一次会の途中でカウンターのあるバーへと避難して来たのだった。ずけずけものを言い合えるのが同窓生のよさ、と勘違いしている輩(やから)が多くて閉口する。

まっすぐ帰宅する気にはなれない。大学の講師をしている妻は、研究論文を書くためにこのところ忙しい。図書館通いで遅くなる日もあれば、早く帰宅しても自室にこもってパソコンに向かう毎日だ。「今夜は同窓会で遅くなるよ」と言ったら、何だかホッとしたような顔をしていた。早く帰宅したほうが夕飯を作るというルールを決めているくせに、彼女に言わせれば、「やっぱり、女のほうが心理的に後ろめたさがあって、ご飯を作れない自分に自己嫌悪を感じる」のだそうだ。だから、相手が夕食を済ませて帰ってくれると助かるらしい。しかも、帰りが遅いほうが研究にも没頭できるみたいだ。

ならば、堂々と遅くなってやろうじゃないか。というわけで入ったカウンターバーだが、楽しくはない。酒もうまく感じられない。それでも、話す相手がいないから飲むペースは速い。

「もう一杯」

バーテンダーに注文したとき、右隣に女性が座って、俺は「あれ？」と思った。カウンターの前に並べられたスツールには両端と真ん中の俺、と三人しか座っていなかった。すべて男である。わざわざ見知らぬ男の真横を選んで座る女がいるだろうか。

——同窓生？

俺をつけて来たのか。そう思って、右隣の女の横顔を見つめてしまったが、知らない顔だった。同世代か。長い黒髪で、冬なのに胸元の開いた紫色のワンピースを着ている。

「わたしもサイドカーを」

と、女は俺と同じものを注文した。ハッとして、俺は正面に戻した顔をふたたび彼女に振り向けた。誘っているのか、と思ったのだ。まるでテレビドラマみたいだ。

「小説に出てきましたよね。サイドカー」

と、女は前を向いたまま言った。低めの声だった。聞き憶えのあるようなないような声。

「ああ、そうですね」

と、俺は応じた。サイドカーが登場する小説なんかに思い当たらなかったが、話を合わせておけばいい。しかし、こういうシチュエーションには慣れていないから、気のきいたセリフが口をついて出てこない。

女の前に同じオレンジ色の液体の入ったグラスが置かれた。グラスに手を伸ばして、女は口をつけた。

彼女の左肘が俺の右肘に当たった。

——左利き？

俺は、とっさに右腕を引いた。もともとくっつきすぎなのだ。女はこちらにスツールを近づけて座っている。やっぱり、俺を誘っているのか？

「あら、ごめんなさい」

女は謝って、グラスを右手に持ち替えた。

女の視線が俺の手元に注がれているのに気づいて、隠すつもりはなかったが、何となく左手を膝に置いた。結婚指輪を薬指にはめたままだ。結婚するときに、「結婚指輪、はずさないでね」と妻に言われた。その約束はかたくなに守っている。「論文が通ったら、子供を作ろうね」という約束だって守っている。本当は、子供はほしくてたまらないのに。俺も来年で四十歳。早く子供を作っておかないと、定年退職後でもまだ教育費を払い続ける羽目になりそうだ。それなのに、本音は言わずに、妻が快適に仕事ができるように環境を整えてやっている。俺は、何ていい夫なのだろう。やっぱり、もっと同窓生に、いや、社会に、いや、妻に評価されてもいいはずだ。それなのに、誰も正当に評価してくれない。

「ねえ、愚痴を言ってもいい？」

俺の中にたまった不満を悟ったのだろうか。女はそう言って、身をすり寄せてきた。

「どうぞ」

隣に座られた以上、そう答えるしかなかった。声がうわずっているのがわかった。

2

「うそだろ？」

新聞でその記事を見つけた矢口俊介（しゅんすけ）は、頓狂（とんきょう）な声を上げた。

同窓会で再会し、名刺交換し合った男が殺人事件の被害者となって載っている。二次会でゆっくり話そうと思っていたのに、気がついたら彼は一次会の途中で姿を消していた。

――あの高田が殺されたなんて。

記事では「福地」になっていたが、矢口の心の中では永遠に「高田」だった。高田文則(ふみのり)。男の名前は永遠に不変。それが、矢口俊介の基本的な考えだったから。彼の妻も結婚して矢口姓になった。

「福地」と書かれた高田は、ラブホテルの一室で、胸を刺されて死んでいた。一緒に部屋に入った女の姿はなく、高田の所持品から盗まれたものはいまのところないという。

——同窓会の夜に、一体、何があったんだよ。

自分も警察に事情を聞かれるだろうか。矢口は、パソコンの前に座った。交流のある同窓生は何人かいる。彼らにすぐに知らせなくてはいけない。殺人事件が報道されない日はないような物騒な毎日だが、身近な人間が被害者になる殺人事件はめったにない。これは、高校の同窓生が殺された稀有(けう)なケースなのだ。矢口は、妙に気分が高揚している自分に気づいていた。

第一章　AA

1

「これ、可愛いよね」

「うん、可愛い。色がいいよね」

似たようなファッションの若い女性二人が、籐の籠を手に取って弾んだ声を上げている。たぶん、女子大生か専門学校生だろう。

――そのままレジに持って行け。

堂本悠子は、心の中でそう念じ続けた。

だが、彼女たちは、〈買い物するのにこれはかさばるから〉とでもいうように、その籠を陳列棚に戻した。

――買いたくなる。絶対にほしくなる。

悠子は、彼女たちの背中に暗示をかけながら、指名手配犯を尾行する刑事のようにあとをついて行く。店内のあちこちの棚に手を伸ばした彼女たちは、ふたたび生活雑貨のコーナーに戻り、籐の籠を手に取った。

「やっぱり、いいよね、これ」

「こっちのほうがよくない？」

「色は同じでしょう？」

「編み方がまったく同じってわけじゃないから、きれいなのを選んだほうがいいよ」

結局、そこで一、二分迷って二人のうち一人が奥の商品を手にし、レジへと進んで行った。

「はい、三百十五円になります」

販売員が大きめのレジ袋に籐の籠を入れて若い女性客に渡すのを見届けて、悠子は安堵と歓喜の吐息を漏らした。

――ああ、よかった。ついに買ってくれた。

たかが三百円、されど三百円。たとえ三百円の商品でも、買い物となると、若い女性たちにとっては清水の舞台から飛び降りるくらいの覚悟を要する場合があるのだ。

オレンジと緑と茶。三色使った籐で編み込んだ籠は、悠子がこの夏のために企画し、ベトナムまで行って現地の職人と交渉しながら、大量に作ってもらった目玉商品だった。大量発注したからこそ、格安な価格設定ができたのだ。トートバッグとして使ってもいいし、部屋に置いて丸めたポスターを入れたり、壁にかけてドライフラワーを挿したり、としゃれたインテリアとしても使える。ベトナム製の日用雑貨やファッション雑貨は、この店では人気商品の一つである。

悠子は、商品のほとんどを三百円均一で売る会社『プチトロワ』で商品開発を担当している。ひところは百円均一商品を売りにする店、いわゆる「百均」の店が流行ったが、「百均」にも飽きて、少しばかりグレードアップした商品を求める客が増えたため、三百円均一コーナー、五百円均一コーナーも作られた。『プチトロワ』では、「三百均」を中心にして、百円コーナーと五百円コーナーを隅に設けた形の店舗を全国展開している。店作りはあくまでも若い女性層に合わせて、「可愛らしく、ファッショナブルに、ファンシーに」をコンセプトとしている。最近では、いつまでも少女らしさを失わず、若々しくいたい、という熟年女性たちのハートもつかんで幅広い年齢層で売り上げを伸ばし、男性に対しては女性への手頃な贈り物に最適と謳い、「急成長の会社」として女性誌はもとより経済誌などにも取り上げられているのだ。

ときどき都内の店舗を回って、売れ行きを見ては市場調査をするのも悠子の仕事の一つだった。

駅ビル内の店を出てエスカレーターに向かったとき、二人の男性が化粧室の方角から近づいて来た。

「堂本悠子さんですね」

背の高い若いほうの男が問うた。

「はい」

訝しげな表情をしていたのだろう。男はすぐに手帳を悠子に見せて、「警視庁の者ですが」と言った。普通の人間は、警察の者だと知って、ますます警戒心を強めるだろう。悠子も例外に漏れず、「何のご用ですか?」と、かなりつっけんどんに聞き返した。

「お時間ありませんか? 会社にお電話したら、女性の上司の方が、たぶん、こちらのお店を回っているころだろうと」

人目をはばかったのか、男は低い声で言い、「そこの喫茶店で」と続けた。もう一人のずんぐりした四十代後半に見える男は、付き添いのように黙って後ろに立っている。十五分ほど前に会社に電話連絡をいれたばかりなので、この刑事たちはこの周辺にいたのだろう。

何に関して聞かれるのか、大体、想像はついていた。警察といえば、事件に決まっている。悠子は、「お役に立てるかどうかわかりませんが」と言い、二人の男に挟まれる形で従った。

2

「井垣俊（いがきしゅん）」と名乗った刑事は、テーブルに落ち着くなり、予想どおりその名前を出してきた。

「安藤亜衣里（あんどうあいり）さんはお知り合いですね」

「はい」

知り合いだった、と過去形で答えるべきか、少し迷って肯定だけする。

隣の四十代後半に見える刑事は、悠子の挙動を観察する係りのようだ。顔は温和そうだが、鋭い目はこちらに向けている。

「安藤亜衣里さんがお亡くなりになったのはご存じですか?」

質問役の井垣が「殺された」という言葉を避けたので、

「知っています」

と、先に答えておいて、「彼女が殺されたとき、わたしはベトナムにいました。帰宅したら、お通夜と告別式を知らせるファックスが自宅に送られてきていました」と、アリバイ確認の手間を省くために言った。

「ほう」という顔を刑事二人は見合わせてから、質問役の井垣が「ベトナムというと、どういう関係で？　ご旅行ですか、お仕事ですか？」と、悠子のプライベートに立ち入ってきた。

「仕事です。この冬の主力商品であるテキスタイルを使ったインテリア商品の打ち合わせのために、ベトナムに出張していました。ベトナムには仕事でたびたび行くんです」

「お勤めは、いま急成長中の百均の会社『プチトロワ』だそうですね」

「三百均、です」

「ああ、失礼。それで、トロワでしたね」

井垣は、小さく微笑んだ。フランス語で数字の三は「トロワ」だ。いちおうフランス語の基礎知識はあるのか、と悠子は少しだけこの刑事を見直した。

「事件については、すでにご承知のようですから説明は省きますが、安藤亜衣里さんの交友関係について何か知っていることはありますか？」

「異性関係ということでしょうか」

範囲を狭めて聞くと、井垣は「それを含めて」とうなずいた。

「何も知りません」

と、悠子は答え、自分の言葉が冷たい響きを帯びているかもしれないと危惧しながらも、こう続けざるを得なかった。「わたしと松本さん……いえ、安藤さんとは、大学で同級生だったというだけの関係なんです。とくに親しかったというわけではないし、卒業してからも頻繁に会っていたわけではありません」

「でも、安藤さんのご主人は、堂本さん、あなたにお通夜と告別式の通知を出していますよね」

「それは、わたしの住所や電話番号を知っていたからでしょう。わたしは、松本さん、いえ、安藤亜衣里さんの結婚式には出席していますから」

「親しい間柄だから結婚式に招待されたのではないんですか？」

「それが不思議なんです。彼女はテニス部に入っていて、その関係の友達も何人か招待されていましたけど、わたしはただ同級生だったというだけで招待状がきたので、そんなに親しい関係でもないのになぜ、とは不思議に思いました。でも、まあ、おめでたいことですし、拒否する理由もないので出席したわけです」

「さきほど、安藤亜衣里さんを旧姓で『松本さん』と呼んでいましたけど、堂本さんにとっては名前で呼び合うような親しい関係ではなかったと？」

コーヒーが運ばれてきたあいだだけ会話が途切れたが、井垣は悠子の同窓生に対する呼び方に注目した。

「ええ。松本さんもわたしのことを『堂本さん』と、苗字(みょうじ)で呼んでいました。親密になれば、女性は名前で呼び合うものだから、それほど親しい関係ではなかったと言えるかもしれません。わたしには、亡くなった彼女は『松本亜衣里さん』なんです。結婚式には呼ばれましたが、『安藤亜衣里さん』になった彼女は何だか別人みたいで、殺されたと聞いてもピンとこないというのが本当のところなんです」

アリバイははっきりしている。殺したのはわたしではない。そういう自信が、悠子に本音を語らせたのかもしれない。友人の少ない冷淡な女だと思われても仕方がない。

だが、それが事実だった。奨学金をもらいながら美大のデザイン科に通っていた悠子は、生活費を捻出(ねんしゅつ)するためのバイトをかけもちしていて、部活動を楽しんだり、同級生たちと交流したりする暇がないほど忙しい日々を送っていたのだった。そんな中で、当時の松本亜衣里にはなぜか悠子が気になる存在だったらしく、多忙なことを知っていながら、飲み会や旅行に誘ったり、一緒に学食に行こう、と悠子に声をかけたりしていた。「相談があるの」という彼女に呼び出されて、喫茶店につき合ったこともあった。

「あなたはさほどでもなかったけれど、安藤さん、旧姓松本亜衣里さんのほうは、堂本さんに親しい友達になってほしいと望んでいた、そんなふうに思えるんですが、そう受け取ってもよろしいでしょうか」

井垣が簡潔にまとめてくれたので、「どうぞ」と、悠子はまたそっけなく言った。

「そうですか」

隣の刑事に視線を流した井垣は、悠子に視線を戻すと、「では、なぜ、それほど親しくもない安藤亜衣里さんに手作りの指輪を贈ったのですか?」と、少し責めるような口調で尋ねた。

「指輪というと、ビーズを使った指輪でしょうか」

確かに、手作りの指輪を彼女に贈った憶（おぼ）えはある。贈ったというより、自分がはめていたのをその場で彼女にあげたのだ。

「三か月ほど前だったでしょうか。新丸（しんまる）ビルの中で偶然、松本さんに会ったんです。少し立ち話をしたんですが、そのとき、わたしの指に目をとめた彼女が『あら、その指輪、すてきね』と言ったので、その場でプレゼントしたんです。材料費もさほどかかりませんし、暇があればまた作れますから」

「指輪作りは堂本さんのご趣味なんですか?」

「いちおう美大のデザイン科を出ていますし、小さいころから何かを手作りするのは大好きだったんです」

マルチカラーのその手作りの指輪もかなり気に入っていたものだった。が、松本、いや、安藤亜衣里の褒め方があまりに大げさだったので、人目を気にした悠子は、煩わしくなっていっそのことこの場であげてしまおうと思ったのだ。そこで、即座にその場で指からはずして、「どうぞ」と彼女に渡した。亜衣里はびっくりした顔をしながらも、そうなるのを予想していたように「わあ、嬉しい。ありがとう」と、素直に受け取って微笑んだ。ああ、この人って、昔から喜び方の表現が抜群にうまかったな、と悠子はそのとき思い出した。

しかし、なぜ、ここで手作りの指輪の話題など持ち出すのだ。悠子が訝しく感じたそのとき、

「ご遺体は発見されたんですが、指輪は発見されなかったんです」

と、疑問に答えるように井垣が説明を始めた。「安藤亜衣里さんがあなたからプレゼントされた指輪をはめていたのは、ご主人が憶えていました。その日の朝、『これ、気に入っているの』と言って、左薬指の結婚指輪の上に重ねるようにしてはめたそうです。所持品からなくなっているものは、いまのところほかにはありません」

「わたしが彼女にあげた指輪が発見されていないんですか？　じゃあ、結婚指輪はは

めていたんですね？」

　井垣の説明に不自然さを感じ取って、悠子は確認した。

「いえ、それがその……」

　言いよどんだあと、意を決したように井垣は言った。「左手首だけがそっくり発見されていないんです。左腕の先に、鋭利な刃物で切断されたような痕がありました。これは、報道されていない事実です」

　遺体の状況を想像して、悠子は息を呑んだ。事件が起きた当時ベトナムに出張していた悠子は、帰国してから新聞やインターネットで殺人事件について調べた。亜衣里の遺体は、目黒区柿の木坂の住宅街の駐車場で発見された。亜衣里の自宅は渋谷区内にある。別の場所で殺されて、駐車場まで運ばれた形跡があるという。腹部を刃物で刺されての失血死と書かれていたが、井垣が言ったとおり、遺体に損傷があったことはマスコミでは発表されていない。

「犯人が彼女の左手首を切り取って、どこかに遺棄したという意味ですか？」

　最初の衝撃から立ち直ってそう聞くと、

「遺棄したのか、持ったままなのか、それはわかりません。犯人が指輪を持っているのかどうかもまだ」

わかりません、というふうに井垣は首を振り、「どんなことでもいいんです。安藤亜衣里さんに関して、何か気になることはありませんか？　昔のことでもいまのことでも、何でもいいんです」と、身を乗り出してきた。

「何もありません」

悠子は、言下にそう言い切った。

「安藤亜衣里さんにプレゼントした指輪は、どんなデザインでしたか？」

そう問いながら、井垣の視線は悠子の右手に注がれている。薬指に五色のビーズを使って作った指輪をはめている。手作りのものを身につけていると、打ち合わせのときなど話が弾みやすいのだ。

「まったく同じデザインではないのですが、形や色合いは似ています。わたしがしていたのをそのまま彼女が薬指にはめたので、指のサイズもほぼ同じだと思います。参考になるのでしたら、どうぞ」

悠子は、自分の指からビーズの指輪を抜き取って刑事に渡した。「手作りしたものは、いちおうすべてデジカメで撮影します。作品として形に残しておきたいので。松本さんにあげた指輪の映像も残っているはずです。あとでお送りしましょうか」

「助かります。ご協力、ありがとうございます」

受け取ったビーズの指輪を「きれいですね」と評してから、井垣は軽く頭を下げ、「ここにお願いします」と名刺を差し出した。

3

「安藤亜衣里、安藤亜衣里、安藤亜衣里……」

何度もその名前を声に出してみる。

——まさか、あんなことが？　違うよね。

ふと湧き上がる疑念と、打ち消す自分の声が内心で混ざり合う。刑事の井垣に何か気になることはないかと問われて、「何もありません」と即答した悠子だったが、仕事を終えて自宅に帰り、暗い夜を迎えてベッドの中で一人になると、唐突によみがえった一つの光景があった。

あれは、大学三年生のときだったか。「相談したいことがあるの」と、松本姓だった亜衣里に構造デザイン学の講義のあとに耳元でささやかれた。

——よりによって、相談相手にわたしを選ばなくても。

と、悠子はうっとうしく思った。が、断れなかった。

「ほかの人には相談する気になれなくて。だって、堂本さん、口が堅いし、信頼できる人だから。一緒にわいわい騒げる友達はいても、真剣に話を聞いてくれる友達って、いそうでいないのよね」

亜衣里という人間は、取り巻きは多いが、親身になって話を聞いてくれる友達は少なそうだ、と悠子も感じていたので、当人も同じ見方をしていたのに驚いた。この子は案外、人の本質を見抜く才能のある頭のいい女性かもしれない、と悠子は思い、一度くらい彼女の力になってあげてもいいかという気になった。

「先月、合コンしたでしょう？　あのあと、ある人にデートに誘われたの。断る理由もなかったからつき合ったんだけど、すぐに二回目も誘われて。三回目のデートでいきなり『結婚してほしい』と言われて、びっくりしちゃった。『運命的なものを感じたんだ』って言われて。早すぎるでしょう？　ううん、早すぎるとかそういう問題じゃなくて、何回デートしても結婚する気持ちにはなれないの。悪い人じゃないんだけど、こう、強く惹かれるものがなくて。それって、何回会っても同じなのよね。でも、そのあたりの気持ちって言葉にしにくくて。だから……」

「どう断ればいいのかわからない。そういう悩み？」

だらだらと相談されても時間の無駄だ。悠子が彼女の気持ちを推し量って返すと、

「そうなの。堂本さん、呑み込みが早くて嬉しい」

と、亜衣里は首をすくめて、「くだらない悩みでごめんね」と言った。「いままでは、何回かデートしても波長が合わなくて自然消滅するケースが多かったのよ。学生のうちに結婚なんて考える人はいなかったし。それなのに、今度の人は三回目のデートでもうプロポーズなんだもの、困っちゃうわ」

——あなたが気があるそぶりを見せるからよ。

そう率直に言い返したかったが、相談役に選ばれて冷たくするのはかわいそうだ。「まっすぐな男の人なのね」と、悠子はため息をついておいて、少し考える時間をもらった。

先月開かれた合コンというのには、悠子も参加していた。最初で最後のつもりだった。「一人足りないの。お願い」と、亜衣里に拝む形に手を合わせられて、数合わせだとはわかっていたが、「座っているだけでいいのなら」と、人助けのつもりで初参加した。だが、飲み会が始まって三十分もしないうちに、参加できなくなったはずの亜衣里のテニス部仲間がやって来た。それで、彼女と入れ替わる形で「わたしはバイトがあるので」と、悠子は席をはずしたのだった。

こちらが五人、相手も五人の合コンだった。都内の私立大学の理工学部の男子学生。美大生の女子との合コンははじめてだと言って、全員、かなり舞い上がっていた。だが、悠子は最初から特定の誰かと仲よくなるつもりはなく、自分から話したりはせずに、ひたすら聞き役に回っていた。聞いているふりをしていただけで、会話など耳に入っていなかったに等しい。参加者の男子の顔も名前も憶(おぼ)えていない。そんな中で、亜衣里はひときわ目立っていた。とにかく、褒め上手なのだ。誰かがギターが弾けると言えば、「すごい、どんな曲？」とすぐに興味を示し、どんな初歩的な曲であろうと「あんなむずかしい曲が弾けるなんて上達が早い！」と褒めちぎる。男子の一人が女子全員に配ったキャンパスグッズのボールペンを受け取ったときも、「わあ、これ、すっごく可愛い。これ、ほしかったんだ」と、誰よりも先にはしゃいだ黄色い声を上げていた。

——あれだけ褒め上手で喜び上手だったら、男に気に入られるわよ。ううん、誤解されるはずよ。

きっと、デートのときも相手に気に入られるように無意識に振る舞ってしまったのだろう、と悠子はデート中の亜衣里の姿態を想像した。そういう振る舞いが自然と身についている女は存在する。「この子は愛想がないんだから」と、小さいころから母親にも言われ続けてきた悠子の対極にいるような女だ。

「はっきり、嫌いだとは言えないんでしょう？」

「ええ、まあね」

と、亜衣里は身をよじらせるようにして曖昧に微笑んだ。

「ほかに好きな人がいる、という断り方は？」

「誰なの？　って聞かれたら困るでしょう？　うそをついてもばれそうだし。彼がいるのに合コンする女なんて眉をひそめられるし、ほかに好きな人がいると言ったら、合コンのメンバーの中にいると勘違いされちゃうし」

亜衣里はラメ入りのグロスを充分にきかせた唇を尖らせて、「角が立たない断り方ってないかな」と、悠子に助けを求めるような視線をよこした。

「松本さん、占い好きだったよね」

ふと、合コンのはじめに占いの話題で盛り上がったことを思い出した。

「信じるほうかな」

「じゃあ、その線で押せばいいわ。あとくされがなくていいわよ」

「どういう意味？」

「占ってもらったら相性が悪かった、と言って断るの。でも、その言い方じゃストレートすぎるから、たとえば……名前占いをしたら二人の名前の総画がよくない、とかね。一緒になったら不幸になる画数だと言われた、というのはどう？　そういう信仰とか信念に基づく断り方って、相手の口を封じる魔力があるのよ」

真剣に考えた上でのアドバイスではなかった。悠子は、どこかの雑誌で読んだ聞きかじりのような知識をとっさに口にしたにすぎない。

だが、亜衣里は真顔になって、「画数というと、その彼はね……」と、自分にプロポーズしたという男の名前をコースターの裏にボールペンで書いた。

——だめだ、思い出せない。

そこで映像が途切れた。悠子は、ベッドから身を起こした。テーブルへ行き、スケッチブックを広げて、描きかけのデザイン画を見つめる。バッグにサンダルに写真立てにマガジンラック……。思いついたときに商品化できそうなデザインを描いておくのが習慣だった。

ほぼ十年前、合コンで知り合って、何度かデートしたあとに亜衣里にプロポーズしたという男の名前がどうしても思い出せない。それでも、鉛筆を握った悠子の指が勝手な動きを示し、四つの文字がスケッチブック上に現れた。

ああ　AA

──そう、「あ」から始まる姓だったのよね。

それだけははっきり記憶している。なぜなら、そのあと、次のような会話が二人のあいだで交わされたからである。

「結婚したら、松本さんは相手の苗字(みょうじ)に改姓するんでしょう?」

「女の子だったら大体、そうじゃない?」

「彼と結婚すると、松本さんの姓と名の頭文字は『ああ』になって、アルファベットで書くと『AA』になる。それって、縁起が悪いの、いまはとくに不吉なのよ」

「縁起が悪い? 不吉? どうして?」

「Wイニシャル殺人事件って知らない?」

「何、それ」

「この五年くらいのあいだにニューヨークで、姓と名のイニシャルが同じ女性ばかり殺される事件が続いたんだけど、今年のはじめに犯人が逮捕されたのよ。犯人は五十代の男性で、拉致(らち)した女性を自宅の地下室に連れ込んで、レイプしてから殺していたの。被害者は、パメラ・パーソンズ、カーヤン・コロンと、すべて姓と名の頭文字が同じ女性ばかり。それで、Wイニシャル殺人事件と呼ばれるようになったんだけど」

「どうして、姓と名のイニシャルが同じ女性ばかり狙ったの?」

「動機はまだ解明されてないわ。本人が語ってないから。でも、そういう倒錯した性格の人間にはこだわりがあるのでしょうね。彼なりの美意識に基づいて殺害していたという見方もあるみたい」

「怖いわね」

猟奇的で凄惨（せいさん）な殺人事件の話題に及ぶに至って、亜衣里の顔色は青くなった。

「アメリカで起きたその事件を引き合いに出して断ればいいんじゃないかしら。相手は、松本さんとの出会いに運命的なものを感じたんでしょう？　理性より直感を大切にする人間と言えなくもない。理屈じゃなく、本能で拒絶しているものに、人間は反論できない生き物なのよ。あなたと結婚したら、わたしの英語表記の名前は、頭文字が『AA』でWイニシャルになってしまう。アメリカで起きた事件の被害者と同じ。その上、ひらがなにすると『ああ』でゾロ目。Wイニシャルでおまけにゾロ目。それは、わたしの将来に不幸をもたらすとされているの。ごめんなさいね。でも、これは、わたしが信じている占い師さんのアドバイスだから。そういうふうに断るのがベストだと思うけど」

「やっぱり、堂本さんに相談してよかったわ」

青ざめていた亜衣里の顔色に赤みがさした。

――こんな思いつきみたいなアドバイスでよかったのかしら。

後ろめたさを感じながらも、悠子はその場を切り抜けられた安堵感を重視した。心のどこかで〈うまくいくはずがないよね〉とも思っていた。第一、「じゃあ、ぼくが松本姓を選ぶよ」と言われたらどうすればいいのだろう。結婚したら、女性が改姓する。そういう前提に立っての断り方である。その場合はどうすればいいか、想像するとまた気が重くなった。

ところが、数日後、大学構内で悠子を見つけた亜衣里は、満面の笑みで駆け寄って、悠子の手を握った。

「大成功。うまくいったわ」

亜衣里は、握った悠子の両手を揺すった。

口からでまかせのような方法で成功したとは……。悠子は、二の句を継げずにいた。

「黙って聞いていたからこっちは不安になったけど、あの人、聞き終えてしばらくして、『わかった』って。『仕方ないな』って、諦めてくれたの」

「よかった……ね」

「堂本さんのおかげよ。やっぱり、堂本さんってすごい。人間の洞察力にもすぐれているのね」

「洞察力なんて関係ないわよ」

こんな偶然があるのだろうか。悠子は、自分でも驚いていた。だが、相手の男が断られても反論しなかったということは、やはり、相手の口を封じるだけの魔力のある断り方だったという証拠ではないのか。あるいは、単純に、占いに弱い男だったのか。

「Wイニシャル殺人事件ってのは怖いけど、いまのわたしにはラッキーな事件だったと言えるわね」

そう言って、松本亜衣里は笑った。

——それなのに。

それなのに、だ。スケッチブックを閉じて、パソコンの前に座り、悠子は亜衣里の結婚披露宴のときに覚えた違和感を思い起こしていた。

結婚披露宴の式場の受付に、『松本家』と『安藤家』と貼り紙があった。披露宴の祝辞の中で、亜衣里の中学、高校時代を通じての女友達が「今日からアイリンは、安藤亜衣里さんですね。おめでとうございます。お幸せにね」と、当時の愛称で呼んで言った。

——安藤亜衣里?

悠子の脳髄を何かが刺激した。安藤亜衣里。あんどうあいり。新しい姓と名の頭文字は「ＡＡ」。Ｗイニシャルだ。そして、「ああ」でゾロ目。

彼女の将来に最大の不幸をもたらすとされていたＷイニシャルとゾロ目の頭文字を、彼女は結婚によって選び取った。

皮肉な結末だ、とそのとき、悠子は感じたのだった。Ｗイニシャルが不幸をもたらすもの、と亜衣里本人が本気で信じていたわけではなかった。あくまでも、プロポーズを断る口実として用いただけだった。大学を卒業後、父親のコネで美術雑誌を手がける出版社に就職した亜衣里は、六年前に大手の広告代理店に勤務する安藤和樹と結婚し、専業主婦になった。結婚披露宴に出席した悠子は、仕事を通して親しくなったという二人のなれそめを知った。たまたま好きになり、結婚したいと思った相手の姓が「安藤」であり、結婚後の亜衣里の姓と名の頭文字が「ＡＡ」になっただけの話なのだろう。亜衣里は、学生時代のできごとなど忘れ、姓と名のイニシャルに関して何も意識していなかったかもしれない。しかし、結果的に、Ｗイニシャルは彼女に不幸をもたらした。

パソコンを立ち上げて、取り込んだデジカメの写真をチェックする。亜衣里に贈ったマルチカラーのビーズの指輪の写真はすぐに見つかった。赤、青、緑、ピンク、金、と五色の小さなビーズを組み合わせ、縄のように編み込んだデザインの指輪だ。プリンターで指輪の写真を印刷する。

「偶然よね。どうでもいいことよね」

そうだ、とるにたらない些細（ささい）なことだ、と悠子は自分の胸に言い聞かせた。刑事の井垣に報告するまでもないだろう。井垣には指輪の写真だけ送ればいい。しかし、悠子の胸のざわざわ感は、朝まで消えることはなかった。

第二章　IIとKK

1

「市川さん、市川さん。……市川さんはいらっしゃいますか？」

三度呼ばれて、市川郁子は、覚醒したようにハッと顔を上げた。そうだ、わたしは「丸山郁子」じゃなくて、「市川郁子」なんだ。

「あっ、はい」

あわててカウンターへ行く。郵便局員が「どうぞ」と、笑顔で通帳を差し出す。自分の名前を確認してから、郁子は通帳をバッグにしまった。

入籍して三か月がたつが、まだ新しい姓には慣れない。好きな人の姓を名乗れるのは嬉しかったが、慣れ親しんだ丸山姓と別れるのは寂しくもあった。結婚したら好きな人の姓になる。それが当然だと思って生きてきたけれど、世界に視野を広げれば、どちらかの姓に統一するのが当然という国ばかりではないこと、むしろ同姓になるほうが珍しいことを知り、選択的夫婦別姓法案を政府が国会に提出する動きがあると知るに至って、〈生まれたときの名前でいたほうが楽なのに〉と思うようになった。改姓によって人生をリセットし、新しく生まれ変わる新鮮さも得られるが、何か外部の力によって自分を変えられそうで怖くもある。

夫の市川雄人の伯母の一人が、結婚式の顔合わせで郁子にこう言った。

「市川家には、代々受け継がれている味があるの。おいなりさんなんだけど、隠し味があって、雄人も子供のころから母親の作るおいなりさんが好きでね。遠足や運動会のときには必ず持って行ったものよ。郁子さんには、早くその味を覚えてもらわないとね。どんな隠し味かって？　それは、お姑さんからじかに教わってね」

そのとき、〈好きな者同士が一緒になるだけで、結婚によって夫の家の人間になるわけじゃないのに〉と反発を覚えたが、郁子は言い返しはしなかった。もし、夫が丸山姓を名乗ってくれたら、こんなふうに上から目線で言われただろうか、と想像した。そして、少しだけ屈辱を味わい、理不尽さを感じた。

「姉ちゃん、市川郁子になるのか。イニシャル、『いい』で『II』になるじゃないか」

最初に気づいたのは、郁子の弟だった。

「それがどうしたの？　別に変じゃないでしょう？」

「変じゃないけど、おやじとおふくろは、バランスを考えて『丸山』って姓に『郁子』って名前をつけたと思うと、アルファベットとひらがなのイニシャルがきれいに揃うのって、何だか間が抜けている気がしてさ。バランスとかまったく考えていないみたいで」

「どうでもいいでしょう、そんなこと」

弟に笑われて、どうでもいいことと言いながら、腹を立ててしまった郁子だった。

「まあね、命名するときに、ゲンをかついで意図的にイニシャルを揃える親もいるけどさ、普通はゾロ目を避けるだろうね」

結婚によって姓と名のイニシャルが揃う事実を指摘され、夫の伯母に「市川家の味の習得」を押しつけられて、郁子は、結婚による改姓について生まれてはじめて真剣に考えてみたのかもしれない。

郵便局を出て、自転車を置いてある場所へ向かった。買い物のためにスーパーへ行かねばならない。結婚と同時に契約が切れて一度は仕事を辞めた郁子だが、結婚生活が落ち着いたら、ふたたび仕事を探そうと考えている。雄人の給料は充分とは言えず、自分の自由になるお金もほしいので、仕事はなるべく早く再開したい。

――年収六百万円以上。正社員で、転勤がないこと。

それが、郁子が結婚相手に望んだ条件だった。二十八歳の誕生日を迎えた途端に焦燥感に駆られ、三十歳になるまでに結婚相手を見つけなければと考えた。半年から一年単位の契約の派遣社員という不安定な身分のまま年をとっていくのが怖くなったのだ。周囲から聞こえてきた「派遣社員三十五歳定年説」にさらに震え上がった。とにかく安定した生活がほしい。「君を守りたい」と言ってくれる相手がほしい。それで、貯金を崩して結婚相談所に入会金を払い、いわゆる「婚活」に励んだというのに、結婚相談所を通してはよき相手は見つからず、結婚相手として自分の前に現れたのは、派遣会社の窓口にいて何度も派遣先の相談に乗ってもらっていた相手だった。市川雄人の勤務する人材派遣会社は、業界に乱立する会社の中でも規模が小さく、給料は安い。いちおう正社員ではあるが、年収六百万円なんて夢のまた夢だ。業界内での吸収合併が多いため、転勤の可能性も高い。いや、近い将来、リストラもあるかもしれない。

結婚相手の条件からほど遠い男性ではあったが、親身に相談に乗ってくれる姿に郁子は強く惹(ひ)かれた。結婚してからもこまごまとした相談に乗ってくれそうな男だと思った。何か決めるにも二人で話し合って決めたほうが楽しい。

――これで、よかったのよね。

郁子は、そう、よかったのよ、と心の中で深くうなずいた。市川郁子。姓と名のイニシャルが英語表記とひらがな表記ともに同じ。それがどうしたというのだ。不幸になる運勢と決まったわけではない。むしろ、ゴロがよくてラッキーな名前だと思ったほうがよくはないか。人に覚えてもらいやすい。

前向きに考えよう、と胸を膨らませたばかりなのに、自分の水色の自転車を見つけた瞬間、郁子の身体は凍りついた。

ハンドルが左に切られ、車体が少し傾いている。そして、傾いた方向の左側のハンドルとサドルの一部に真っ赤なペンキがべっとりと付着している。

――誰がこんなひどいことを？

まわりの自転車にはペンキが塗られた痕跡(こんせき)はない。明らかに、何者かが郁子のこの自転車を狙って行ったいたずらに見える。ペンキの匂いや色つやから見て、さほど時間はたっていない。

――わたしのあとをつけていた人がいる？

背筋を悪寒が這(は)い上る。郁子は、怯(おび)えた視線を周囲に走らせた。

2

堂本悠子が井垣に写真を手渡ししようと思い立ったのには、理由があった。翌朝、出社の準備をしながらいつものようにテレビをつけていると、気になるニュースが耳に飛び込んできた。

「昨夜十一時半ころ、千葉県野田市内の竹林で女性の他殺遺体が発見されました。被害者は、所持品から東京都豊島区在住の幼稚園教諭の木村京美さん、二十九歳と見られます。木村さんの首には紐で絞められたような痕があり、別の場所で絞殺されて、現場に運ばれた可能性が高いと思われます。木村京美さんは一週間前から行方不明になっており、家族から捜索願が出されていました。遺体は死後一週間程度たっていると思われ、左膝から下が切断されていました。切断された左足は現場からは見つかっていません」

――木村京美？　左膝から下が見つかっていない？

似ている、と悠子の全身に緊張が走った。亜衣里のケースと似ている。亜衣里の場合は切り取られた左手首が見つかっていない。今度は、左膝から下の部分、すなわち脛の部分だという。どちらも遺体に損傷があるということだ。

そして、姓と名のイニシャル。木村京美。きむらきょうみ。イニシャルは「KK」で、ひらがなの頭文字が「きき」のゾロ目。

――偶然にすぎないのだろうか。

しかし、Wイニシャルやひらがなのゾロ目に関してはともかく、遺体に損傷があり、それぞれ左手首、左足という共通点は無視できない。東京と千葉県。関東圏で起きた事件である。警察だって注目しているだろう。だが、悠子は木村京美という女性とは面識がない。安藤亜衣里と学生時代の合コンとのつながりに心当たりはあっても、木村京美という女性が亜衣里が殺された事件にどうかかわっているのか、まるで見当がつかない。

――現時点で得られた材料だけで警察に言うのは、ちょっと早すぎやしないかしら。

悠子は、逡巡(しゅんじゅん)していた。もう少し手がかりがほしい。そこで、井垣に会う前に亜衣里の夫の安藤和樹に会ってみようと決めたのだ。

安藤和樹の携帯電話の番号は知らない。自宅にかけても夜遅くでないとつかまらないだろう。彼の勤務先と所属部署がわかっていたので、昼休みに番号を調べて電話をかけると、電話に出た女性に「会議が長引いているので、終わったらこちらからかけ直します」と言われた。

午後、ランチョンマットのデザインを色見本帳を広げながら考えていたときに、安藤和樹から電話がかかってきた。夕方、汐留(しおどめ)にある彼の会社に行くことを約束する。

「どんなデザインになった？」

席を立とうとしたとき、課長の峯村道子(みねむらみちこ)の声がかかった。いつのまにか入室していたようだ。

「こんな感じでどうでしょう」

悠子は、数種類のデザイン画を峯村道子に見せた。

「いい感じね。でも、もうちょっとダークな色合いを取り入れてみてもいいかな」

四角いフレームの眼鏡をかけた峯村道子は、デザイン画から目を上げて言った。眼鏡だけ見ればかっちりしたスーツの似合うキャリアウーマンのようだが、インドやタイなどのアジア系の柔らかい布を使ったブラウスやロングスカートを好んで着用する。誰も実年齢を知らず、ある人には「五十過ぎているんじゃない？」と、別の人には「あら、まだ四十前じゃない？」と評される個性的なファッションの年齢不詳の女性である。

「では、ブラウン系を再考してみます」

上司のアドバイスを受けて、悠子は、頭の中に新しい色を思い描いた。

「堂本さんデザインの籐製品、売れ行きがいいのよ」

　峯村道子は、にっこりしてデザイン画を机に戻した。

「ありがとうございます」

　前の席の先輩デザイナー、山下直子の気配をパネル越しに感じながら、悠子は控えめな姿勢で受けた。デザイナー室には四人が配置されているが、社員は悠子を含めて二人、ほかの二人は派遣社員だ。デスクはパネルで仕切られ、基本的に自分の仕事に集中できるようになっている。開発担当する商品の分担は明確に決まっており、週に一度の割合で開かれる会議で、互いの商品について意見交換をし合い、課長の判断を仰ぐ。

「アジアのことなら堂本悠子に任せればいい。そのレベルにまでなってほしいから」

「がんばります」

　悠子は、身体を硬直させた。大学を卒業後、教材会社で営業をしていた悠子をいまの会社に誘ってくれたのが、同じ大学の先輩でもある峯村道子だった。教材や雑誌の付録のデザインをするために入社したつもりが営業に回され、くさっていたときに声がかかったのだ。少しでもデザインに関する仕事に近づきたい。そう思っていた悠子だから、峯村道子には恩義を感じている。声をかけてくれた彼女のためにも仕事面で成果を上げなければ、とつねにプレッシャーを感じている。

「ところで、どこかから引き抜きの話はきていない？」

「いえ……きていませんけど」

「そう。それならいいけど」

「あの……すみません。このところ、身辺が騒がしくて」

大学時代の友人、安藤亜衣里が殺された事件で、警察が会社に問い合わせてきたのである。つねに頭の片隅に事件のことがある。仕事に身が入っていないと思われたのだろうか、と悠子は不安になった。

「あの事件のことなら、できるだけ警察に協力してほしいと思っているのよ。被害者は、わたしの大学の後輩でもあるんでしょう？　何て名前だったかしら」

「安藤亜衣里さんです」

「そう、可愛らしい名前の方だったわね。かわいそうに。どうしてあんな殺され方をしたのか。堂本さん、警察にいろいろ聞かれたの？」

「聞かれましたが、捜査に役立つような情報はないんです。結婚披露宴に招待されただけで、親しいおつき合いはしていませんでしたから」

悠子は、峯村道子に向かって頭を下げた。「いろいろご迷惑をおかけして申し訳ありません。今日も事件のことで警察に行かないといけないんです。その前に寄るところもあって。少し早めに仕事を切り上げさせていただきます」

「気にすることはないのよ。さっきも言ったけど、捜査には全面的に協力してほしい。市民の義務としてね。わたしが気にしているのは、あなたがよそに引っ張られること。あなたはうちの大事な戦力なんだから」

よろしく、と悠子の肩を叩くと、峯村道子はきびすを返した。

――わたしの内心を読まれたのかしら。

悠子は、タイシルクのロングスカートにインド更紗で作ったジャケットをはおった上司の後ろ姿を見送り、不安に駆られた。以前の職場よりはやりがいのある仕事をさせてもらっている、とは思っている。だが、「三百均の雑貨デザイナー」で終わりたくない、という野心も持っている。最終的には、アパレル会社からの引きがあれば、高級生地のプリントのデザインを手がけてみたいと考えているのだ。人脈を広げてチャンスをつかみたい。しかし、そういう野心はあくまでも内に秘めておき、職場の人間に悟られてはいけないと気をつけている。

咳払いとともに前の席の山下直子が立ち上がり、部屋の隅の給湯コーナーへ行った。ひと休みするのだろう。彼女の気配が前の席から消えただけで緊張が解かれ、悠子はため息をついた。仕事に関すること以外は徹底して話さない仕事人間で、無駄話を嫌う。デザイナー専門学校を出てすぐに入社したというが、美大卒で、峯村道子の後輩でもある中途採用の悠子を何かと意識しているのが感じ取れる。強烈なライバル意識を持っているのだろう。

「峯村課長に何か言われました？」

その山下直子と入れ違いに入室した総務課の玉木奈美（たまきなみ）が、悠子に話しかけた。「そこで会ったけど、峯村課長、何だか嬉（うれ）しそうでしたよ」

「籐籠（とうかご）の売れ行きがいいって」

「ああ、あれですね。わたしも持っています。友達にも勧めましたよ。可愛くて使いやすいですものね」

郵便物を抱えながら、玉木奈美が言う。笑顔が魅力的な女性で、少ないスタッフの中で唯一、悠子が楽しく会話できる相手である。デザイン室の二十代の派遣社員二人は、同じところからの派遣のせいか、二人だけの世界を作り上げ、悠子が入り込む余地はない。

「ありがとう。次のシーズンもがんばらないとね」

悠子はそう答えておいて、郵便物の仕分けをしている玉木奈美にふと聞いてみる気になった。「峯村課長って、結婚しているの?」

「あら、堂本さん、知らなかったんですか?」

「だって、本人に聞けない雰囲気なんだもの。聞いてもはぐらかされそうだしね」

「いまは独身ですよ」

玉木奈美は、いたずらっぽい目をして、声を落とした。「バツイチってうわさですけど。課長のプライベート、気になるんですか?」

「ううん、そういうわけじゃないけど」

ホットコーヒーを持って山下直子が戻って来たので、玉木奈美との会話はそこで終わった。仕事中の私語を極力嫌う女性なのだ。それだけ仕事熱心と言うべきかもしれないが、悠子にとってはとっつきにくくて苦手な相手だ。

色見本帳に視線を戻す。夕方までにデザイン画をあと数枚、仕上げなければいけない。

——峯村道子。みねむらみちこ。イニシャルは「MM」で「みみ」。

あんな事件さえ起こらなければ、会社の上司の名前に関心など示さなかっただろう。だが、悠子は、いまはじめて女性上司の姓と名を俎上に載せてみた。バツイチだとすると、離婚後、旧姓に戻したのだろうか。それとも、仕事の流れをスムーズにさせるために、離婚後も夫の姓を名乗り続けているのだろうか。

――峯村課長もWイニシャルなんだ。

悠子は、デッサン用の鉛筆を動かしながら、そんなことをぼんやりと考えていた。

3

観葉植物で仕切られた社内の談話スペースに現れた安藤和樹は、憔悴（しょうすい）しきった顔をしていた。それでも、奥のテーブルに悠子の姿を認めると、気丈にも背筋を伸ばし、かすかに笑みを浮かべて会釈をした。有能なビジネスマンらしく、そうしたしぐさが自然に身についているようだ。

「このたびは、心からお悔やみ申し上げます」

通夜にも葬儀にも参列できなかった悠子は、椅子から立ち上がり、恐縮して挨拶（あいさつ）した。

「こんなときに、と思われるでしょう？　でも、こうして何かに没頭していないと、頭がどうかなりそうで」

と、安藤和樹は、普通に出社し、仕事をしていることについての言い訳をした。

「わかります」

短く応じ、わかるなんて安易な応じ方だったかな、と悠子は反省した。愛妻を失ったのだから、とてつもなく大きな喪失感に襲われているだろう。

「堂本さんにもご迷惑がかかっているのではないでしょうか。指輪の件で、そちらに警察が行ったのでは？」

しかし、手で着席を促し、自分も前に座った安藤和樹はあくまでも紳士的だった。

「新聞やテレビで報道されていない事実を聞かされて、驚きました」

内容に触れるのははばかられ、悠子はそう言った。

「ぼくもショックでした。彼女がかわいそうでならない」

左手首のない妻の遺体を想像しているのだろうか。声を震わせた安藤和樹の目が潤んでいる。「彼女は、一度流産しているんです。その傷も癒えたころで、そろそろ子供を、と話していたところだったんです」

「そうなんですか」

夫婦の歴史に思いを馳せると、重たい空気が漂った。夫の無念を晴らすためにも、捜査に協力しなければいけない。「亜衣里さんに贈った指輪の写真は手元に残っているんです。捜査に役立つなら、と警察に渡すところです」

「ありがとうございます」

安藤和樹は頭を下げた。「あの指輪、亜衣里はすごく気に入っていたんですよ。いつも結婚指輪に重ねづけしていました」

妻から話を聞いていたかどうかわからなかったので、悠子は、亜衣里に指輪をプレゼントしたいきさつを説明した。

「そうですか。亜衣里は、小さくて可愛らしいものが大好きなんですよね。とくにガラスやビーズなど光るものが。リビングルームや寝室に、小さなガラス細工の置物などを飾っていました。出張のときに目についた水族館でイルカの置物を買ったんですが、それを贈ったら、彼女、子供みたいにはしゃいで喜んで……。公園を散歩していたときも、道端に咲くすみれを見つけて、『わあ、可愛い』と、しゃがみこんで飽きずにいつまでも眺めていたものです」

安藤和樹は、妻の思い出を淡々と語り継いだ。

――そうか、彼女の大げさな喜び様は、演技ではなく、生まれ持ったものだったんだわ。

悠子は、亜衣里に対してひねくれた見方をしていた自分を恥じた。

「結婚指輪とビーズの指輪。二つとも発見されていません。誰がどうして、あんな酷(むご)いことをしたのか」

安藤和樹は、わからない、とため息とともに首を振った。

「あの……亜衣里さんは、あの日の朝、どこかへ行くような話はしていなかったんですか？」

「いえ、何も。あの日、ぼくは福岡へ出張が入っていました。いつもそうですが、出張する日に、留守中の彼女の行動を詮索するようなまねはしていなかったんです」

それだけ、妻の自由を尊重する心の広い夫だったのだろう。亜衣里の遺体が発見されたとき、夫の安藤和樹が出張中だったのは新聞報道から得た情報で悠子も知っていた。死亡推定時刻のアリバイも証明されているに違いない。警察が夫の犯行の可能性を考えていないのは明白だ、と悠子はとらえている。が、夫の交友関係を疑っている可能性はある。

「亜衣里さんは、学生時代の話をご主人にしたことがありますか？」

合コンという言葉をここで出す勇気はない。

「学生時代ですか？　たまにしましたが。テニス部の話とか、友達の話とか。堂本さん、あなたの話も」

友達の話から合コンの話につなげよう、と目論んでいた悠子は、自分の名前を口にされてドキッとした。

「わたしの話、ですか?」

「亜衣里は、堂本さんのことが好きだったみたいです」

直截的に言われると、どぎまぎしてしまう。

「ああいう人と親友になれたらよかったのに。亜衣里は、そう言っていました。堂本さんは誰ともつるまず、わが道を行く人で、そういう姿が潔くてカッコいい、と彼女の目には映ったみたいです」

「引っ込み思案で、不器用なだけです」

「ご本人はそう思っていても、八方美人を自認していた亜衣里から見れば、堂本さんに対する憧れの気持ちがあったのでしょう」

安藤和樹は、弱々しく笑った。妻の性格を充分に知った上で、理解し、恋し、結婚したのだ、と悠子は再認識した。

「人間は、自分とは正反対の性格の人間に惹かれると言いますが、亜衣里もそうだったのかもしれません。もの静かで、義理堅くて、約束は必ず守る、あなたのそういうところも好きだと言っていましたよ」

「そうだったんですか。ありがとうございます」

礼を言うべき相手は、もうこの世にはいない。悠子の目頭も熱くなった。亜衣里にそれほどまでに高く評価されていたとは思わなかったのだ。なぜ、もっと素直な心でつき合えなかったのか、と悔やまれたが、そうできない性分だ。仕方なかったのだ、と自分自身を納得させた。

子供のころから、要領が悪い、と悠子は自覚してきた。「絶対に、誰にも言わないでね」と友達と指切りをすると、その約束をかたくなに守り抜いた。その結果、ほかの口の軽い友達から親しい友達に話が伝わって、「何でわたしに教えてくれなかったの？　水くさいじゃない」と責められた上に敬遠されたり、悠子の口の堅さに苛立った友達に画策されたり、意地悪をされたりと、友達を失うような状況に何度も陥った。それで、友達ができにくいのは自分の性格のせいだ、と思うようになったのだ。絵を描くことが好きだった悠子は、一人でいるのが苦にならず、たくさんの友達に囲まれずとも平気ではあった。

悠子の家は母子家庭で、身体の弱い兄がいた。二人の子供を働きながら育てている母に甘えてはいけない、と自分を抑える術が身についてしまっていたのかもしれない。気がついたら、なかなか友達にも心が開けない性格になっていた。その性格は大人になっても変わらない。男性に対しても素の自分を見せられずに、交際する機会はあってもすべて短い期間で終わっている。

「亜衣里さんは、結婚後も学生時代の友達と交流はあったのですか?」

心を許せる友達はいなかったのだろう、とは思ったが、続いていた交友関係はあったのかもしれない。

「結婚してからは、家事や料理や習い事などが楽しかったみたいで、学生時代の友達とは会っていなかったと思います」

そう答えておいて、安藤和樹はわずかに口を歪めた。「もしかして、異性の友達のことを言っていますか?」

「ああ、ええ、それも含めて」

「亜衣里が学生時代、誰とどんな交際をしていたのか、ぼくは知りません。彼女が話さなかったので。何か気になることが?」

「いえ、とくにないんです」

悠子は、強くかぶりを振った。余計な話はしないほうがいい。亜衣里が賢い女性だったとわかったからだ。学生時代の交友関係について話すことで、夫の気持ちを傷つける事態になるのを避けていたのだろう。

「やっぱり、そうだ」

すると、安藤和樹は、諦めたような笑いを見せた。「亜衣里が言っていたように、堂本さんは口が堅い。賢明な人ですね」

「あの、誤解しないでください」

間違って受け取られたのでは、と悠子はあせった。ここは、正直に話したほうがよさそうだ。「亜衣里さんが誰かと親密な交際をしていたとかいう具体的な事実はないんです。たった一度だけ、合コンにおつき合いしたことがあったので、そういう話を彼女がご主人にしていたのかな、と思って」

「ああ、そうなんですか。合コンね」

安藤和樹は、昔を懐かしんで思い起こすような表情になり、何度もうなずいた。

「大学も時期も違ったけど、ぼくもしましたよ。で、合コンで何か気になることが？」

「いえ、何があったというわけじゃないんです。わたしが知っている交友関係といえば、その合コンが思い浮かぶくらいで」

——亜衣里が合コンの参加者とデートし、プロポーズされた。悠子が断り方を教えた。

という例のエピソードを話すのは控えた。

「合コンの話は警察にはしますか？」

「写真を渡すときに、いちおうしてみようと思っています。それで、安藤さんにもお伝えしておこうと思ったんです」

「そうですか。わざわざご足労いただき、ありがとうございました」

腰を上げかけた安藤和樹は、ああ、と何か思い出したように顎を揺すった。「堂本さんが参加されたという合コンに、あの彼女はいましたか？」

「あの彼女？」

「テニス部で一緒だった小島さんという方です。結婚式にも出席してくれました」

「ああ、小島めぐみさんですね。合コンに参加していました」

と、悠子は答えた。彼女の代役で悠子は参加したが、三十分もたたないうちに当人、小島めぐみが「都合がついた」と言って会場に現れたのだった。ホッとした悠子は、彼女にバトンを渡して合コン会場を立ち去った。

「その小島さんから個展の案内が届いたんです。受け取った亜衣里は、『わあ、久しぶりだわ』と個展に行くのを楽しみにしていたんですが、こんなことになって……。よかったら、どうぞ。堂本さんも興味がおありでしょう」

鞄に入れて持ち歩いていたのを、悠子に渡すために持って来たようだ。

個展の案内状を受け取って、悠子は安藤和樹の会社をあとにした。一人になってから、案内状のハガキをもう一度よく見た。

『小島めぐみ油彩画展』
銀座六丁目の画廊での開催だ。小島めぐみとは亜衣里を通しての交流しかなかったが、彼女がデザイン科ではなく油絵科にいて、テニス部で亜衣里と一緒だったのは憶えている。

——銀座で個展を開くまでになっているんだ。

悠子は、軽い嫉妬を覚えた。学生時代の小島めぐみの服装や持ち物から、彼女が裕福な家庭で育ったのは察せられた。卒業後、どこに就職したのか。いや、就職などせずに、夫や親から個展費用を出してもらえる恵まれた状況にいるのかもしれない。小島という旧姓で制作活動を続けているのか。それとも、結婚後もペンネームのように旧姓を使っているのか。結婚披露宴の席次表では、悠子と同様に旧姓のままだったのは憶えている。ハガキには、テーブルに置いた果物や西洋人形、壁に立てかけた楽器や折り畳みの椅子などをモチーフにした静物画が印刷されている。都会的でしゃれた作風は、セレブな奥さまたちに好まれそうではある。

——チャンスに恵まれさえすれば、わたしだってこのくらいは……。

悔しい思いがこみあげたのを、悠子は呑み込んだ。人を羨んでも何も始まらない。

個展の会期を確認して、悠子はハガキをバッグにしまった。

4

ブルーシートで囲まれた駐輪場の一角に、その女性は血を流して横たわっていた。

臨場要請を受けて、現場付近にいた俊は駆けつけて来たのだった。ほかの事件の捜査中でも、殺人事件の現場に近い捜査員が駆けつけることがある。「被害者は女性で、遺体に不審な痕がある」と聞いて、すぐに安藤亜衣里の事件との関連性に思い至ったのだ。

「被害者は、市川郁子。二十九歳。持ち物の中に運転免許証がありました。背後から鈍器で殴られたようですね」

野方東署の若い捜査員がまだ息を弾ませている俊に言った。刑事課に転属になったばかりなのか、殺人事件には不慣れなのか、報告する顔が青ざめている。

「このアパートに住んでいるのか？」

「はい。顔見知りの主婦がいて、被害者は、数か月前に結婚してここに引っ越して来たと言っていました」

俊の問いに青ざめたまま若い捜査員が答える。

俊は、鑑識課や刑事課の捜査員のあいだを縫って、「不審な痕」というのを確認するために遺体に近づいた。

被害者は、顔を横向きにしてうつ伏せに倒れている。見えているのは左顔面だ。コンクリートの地面には血だまりができているが、明らかに血ではない赤いものが左顔面、頰から耳にかけて付着している。

「ここですね」

鑑識の検視官が手袋をはめた手で被害者の左耳を示す。「赤いペンキだと思われます。スプレーで吹きつけるタイプのものでしょう。いわゆるカラースプレーです」

「駐輪場で倒れていたってことは、自転車を使うところだったのかな」

俊がつぶやくと、「ああ、被害者の自転車はあちらに」と、いつのまにか背後に来ていた若い刑事が言った。

鑑識課の捜査員が写真を撮っている自転車を確認しに行く。若い刑事は、同じ班の捜査員に呼ばれて捜査車両に戻って行く。

婦人用の水色の車体の自転車だ。しかし、正常な状態の自転車とは言えなかった。左のハンドルとサドルの左側に、やはり、同じように赤いペンキが付着している。

――殺害後に吹きつけられたのか。それとも……。

その異常な状態をどう読み取ればいいのか考えていると、「井垣さん」と、若い刑事が駆けて来た。走ったせいか、顔に血色が戻っている。

「本庁から電話がはいっています。情報提供者が現れて、井垣さんを指名しているそうです」

安藤亜衣里の事件だろう。俊は、即座にその場を離れた。

第三章　つながるイニシャル

1

通された部屋は、テレビドラマでよく見るような取り調べ室ではなく、狭い応接間だった。ただし、テーブルと椅子、観葉植物以外は何もなく、殺風景なのは取り調べ室と同じだった。そこで、悠子は井垣を待つように言われた。井垣から渡された名刺にあった電話にかけたら、碑文谷中央署に行くようにと指示されたのである。安藤亜衣里の事件の捜査本部が設置されているからだろう。

つねに持ち歩いている小型のスケッチブックを開き、デザイン画を描いて待っていると、三十分もしないうちに井垣が現れた。

「お待たせしました」

急いで来たのだろう。量の多い髪が少し乱れている。

「写真を直接、お持ちしました」

悠子は、正面の椅子に座った井垣に向けて、指輪の写真をテーブルに置いた。

「お手数をおかけしました。ありがとうございます」

と、井垣は写真を手に取った。しばらく無言で写真に見入っている。

——気になることって何ですか？

と、即座に切り出さない井垣の真意を、悠子は推し量った。「被害者の名前に関して気になることがあって」と、電話で告げたのである。

「けさ、テレビのニュースで知ったんですが、千葉県でまた女性の遺体が発見されましたよね。彼女が住んでいたのは都内でした」

そこで、悠子から切り出した。「左足が切断されていたそうですね。安藤亜衣里さんの事件と何か関係があるのですか？」

旧姓の「松本さん」では紛らわしいので、呼び方を改めた。

「関係があるのでは、と思ったから、あなたは情報提供にいらしてくださったのですよね。違いますか？」

と、井垣は質問を切り返してきた。

「そうです」と、悠子は認めた。「被害者の名前は、木村京美さん。亜衣里さんの名前は、安藤亜衣里。姓と名の頭文字、つまり、英語表記のイニシャルが同じなんです。木村京美さんは『ＫＫ』、安藤亜衣里さんは『ＡＡ』、おまけに、ひらがな表記の頭文字もゾロ目なんです」

「木村京美さんは『きき』で、安藤亜衣里さんは『ああ』ですね」

と、その続きの言葉を井垣が引き取り、視線を写真に落として考え込んだ。

「あの……考えすぎでしょうか。二人の被害者の共通点が名前のイニシャルにあるとするのは」

黙り込んだ井垣に不安になり、悠子はおそるおそる言った。

「考えすぎ、とは言えません」

すると、きっと顔を上げて、井垣が首を振った。「もうじき報道されると思いますが、もう一件、殺人事件が起きました。中野区上高田（かみたかだ）で二十九歳の女性が殺害されたんですが、市川郁子という名前です」

「市川郁子さん？　イニシャルは『ＩＩ』で、ひらがなにすると『いい』で、きれいに揃いますね」

三人目の被害者が出たことに悠子は驚き、興奮を抑え切れずにいた。

「安藤亜衣里、木村京美、市川郁子。三人の共通点は、若い既婚女性というほかに、その名前にあると考えていいでしょう」

井垣は、そう言い切った。

「でも、偶然だと考える人もいるのではないでしょうか」

悠子の中で、そんな理由で連続殺人が起きてはならない、という良識も頭をもたげる。Ｗイニシャルの若い女性ばかりを狙う。そんなゲーム感覚の連続殺人事件が起きていいはずがない。

「偶然も三人続けば必然になる。ぼくはそう考えますが、そう考えない捜査員もいます。あらゆる可能性を考えて捜査するのが基本ですから、名前の共通点も視野に入れて捜査しますよ」

井垣は冷静で、推理力も抜群だった。「もしかして、あなたは、安藤亜衣里さんの事件ですでに、名前のイニシャルに着眼していたのではないですか？」

「それは……」

学生時代の合コンの話をどんなふうに切り出すべきか。悠子は、まだ迷っていた。悠子が電話をした時点では、三件目の殺人事件については報道されていなかったのだ。事態は切迫していると言ってもいいだろう。

「木村京美さんは左足が切断された状態だったそうですね。安藤亜衣里さんは、左手首を切断されていた。それがもっとも顕著な共通点ですが、それに名前の共通点が加わっているように思えます」

「くわしい報道は控えていますが、市川郁子さんの遺体にも左側にある痕跡(こんせき)が残されています」

井垣は、悠子の推理を裏づけるような事実を口にした。

「遺体の左側に？」

悠子は、寒気を覚えた。どういう状況だったのか、想像してみたが、凄惨(せいさん)な状況が思い浮かぶだけで、具体的な映像を頭が拒否している。少し待ってみたが、井垣は悠子にも「痕跡」というのを教えてくれなかった。犯人だけが知り得る事実として、警察の切り札にするつもりなのかもしれない。

「犯人は、Wイニシャルの女性を選んで殺害しては、遺体の左側を傷つけたり、何らかの痕跡を残したりしているということですか？　安藤亜衣里さん、木村京美さん、市川郁子さん。三人の女性にもっとほかの共通点があるのでしょうか」

自分が警察に言うのをためらっていたから、新たな殺人事件が起きてしまったのだろうか。責任を感じた悠子は、勢い込んで聞いた。

「それは、まだわかりませんね。女性、既婚者、名前、遺体の傷や痕跡という以外には」

と、井垣は受けて、少し身を乗り出した。「さっき、Wイニシャルと言いましたね。

堂本さんの命名ですか？」

「あっ、いえ、それは……」

さすが刑事である。聞き逃さない。大学時代のエピソードを語るタイミングととらえ、悠子は深呼吸して続けた。「わたしの学生時代にニューヨークで起きた殺人事件のことです。姓と名のイニシャルが同じ女性ばかり連続して殺害されたので、Wイニシャル殺人事件と呼ばれていました」

「やっぱり、そうですか。その事件はぼくの記憶にもありますよ」

「そういう事件に興味があったんですか？」

「父が警視庁の刑事だったので、小さいころからいろんな事件に関心があったんです。人間はなぜ罪を犯すのだろう、ってね」

「そうなんですか」

刑事の父親の背中を見て育ち、自分も同じ職業を目指したのだろう。そう思った途端、悠子の目に映る井垣俊という男はひと回り大きくなった。

「では、Wイニシャル殺人事件でも、犯人の動機などについて、お父さんといろいろ意見を交わし合ったんですか？」

犯行の動機は、結局わからずじまいだったのだ。知りたい、という気持ちは悠子の中にはいまだにある。

「それが……できませんでした。父は、ぼくが高校生のときに亡くなったので」

井垣は、弱い笑みを唇の端に浮かべた。

「殉職……されたんですか？」

「いえ、バスの事故でした。ぼくが小学生のときに病気で亡くなった母親は、『仕事で忙しいお父さんが定年退職したら一緒に行きたい』と、国内のガイドブックや地図を広げては夢見るような目をして言っていました。その母の死後、父は供養の意味もこめて一人で旅行に出かけたんですが、そのバスが山中で崖から転落して……。ああ、話が脇道にそれましたね。とにかく、学生時代、Wイニシャル殺人事件を知って、かなりのショックを受けました。容疑者は、犯行の動機を語ることなく、勾留中に心臓発作で死んでしまいましたからね」

「そうだったんですか」

事件のその後を追わなかった悠子は、いまはじめて容疑者の死を知り、ホッとしたような、動機が解明できずに不完全燃焼のような、そんな気持ちに陥った。

「で、堂本さん、あなたが安藤亜衣里さんの事件で、Wイニシャル殺人事件を想起したのはなぜですか？」

さあ、話してください、と井垣の目が促してくる。心の中を見透かされているのだ、と覚悟した悠子は、大学時代の合コンのエピソードを井垣に語った。

「いまの話が亜衣里さんの事件に関係しているのかどうかわかりません。でも、自分が不用意にしてしまったアドバイスが彼女の死にかかわっていたらと思うと、黙っているのに罪の意識を感じるんです」

聞き終えて、考えを整理している表情の井垣に、悠子は言った。

「堂本さんが危惧しているのは、そのとき、亜衣里さんにプロポーズを断られた男性がいまどうしているのか、という点ですね」

曖昧な形で頭の中に存在していた不安を、井垣はひとことでまとめてくれた。

「ええ。でも、そのときの彼を疑ってしまうのも悪い気がします。だって、あれからもう十年以上もたっているんですから。彼はきっと、どこかで幸せな家庭を築いているでしょう。結婚するとWイニシャルになるから嫌だ、とプロポーズを断った女性がほかの男と結婚してWイニシャルになった。それだけで、殺したくなるほど恨む人がいるでしょうか」

「こちらは、どんな些細な情報でもほしいんです。そのときの合コンの男性メンバーは憶えていますか？」

「いいえ、大学の名前しか憶えていません」

悠子は、都内の私立大学の名前を教え、理工学部の学生でした、とつけ加えた。

「女性メンバーはわかりますか？」

「企画したのが亜衣里さんだったので、彼女のテニス部仲間が中心でした。わたしは代役のようなもので、途中で駆けつけた友達にバトンタッチしたんです」

悠子はそう説明しながら、安藤和樹からもらった小島めぐみの個展のハガキを井垣に見せた。

「彼女が交代した女性です。亜衣里さんの結婚式にも招待されていました」

「よろしいですか？」

井垣は、ハガキにあるいくつかの情報を素早く手帳にメモした。「個展はあさってからですね。行かれますか？」

「はい、そのつもりでいます」

亜衣里のかわりに鑑賞して来よう、と思っている。「これは、亜衣里さんのご主人、安藤和樹さんからいただいたんです」

「亜衣里さんのご主人にはさっきの話をされたんですか？」

「いいえ、合コンをしたという話しかしていません。彼女自身が結婚前の異性関係についてご主人に話していなかったので、亡くなってからもきっと話してほしくないだろうと思って、プロポーズを断った話はしませんでした」

「そうですか」

井垣はうなずき、「堂本さんのような思慮深い方が捜査に協力してくださると、こちらも心強いです。ありがとうございます」と言った。

「思慮深いだなんて……」

悠子は、頰が熱くなるのを感じた。口が堅いことで同性の友達には「水くさい」と敬遠されたことはよくあったが、それをこんな形の言葉で評価してくれた人間は井垣がはじめてである。

「指輪の写真と合コンの情報、ありがとうございました」

井垣は、ふたたび礼を口にした。

「あの……」

捜査に立ち入るつもりはなかったが、悠子にはどうにも気になる点があった。「被害女性の名前の共通点をマスコミに公表するんでしょうか」

「それは……」と、井垣は言いよどむ。

「姓と名の頭文字が英語表記、ひらがな表記、二つとも同じ。いま、そう発表することは捜査に役立つんですか？」

「あなたはどう思いますか？」と、井垣は悠子に意見を求めてきた。

「世の中に与える影響は非常に大きいと思います。とくに、これから結婚を考えている女性は不安になるでしょう。パニックになるかもしれません」

悠子は、自分の立場に置き換えての感想だけ答えた。わたしが「湯川（ゆかわ）」という男性と結婚したら、「湯川悠子」で「ＹＹ」「ゆゆ」になる、などと意識せずとも頭の中にＷイニシャルが浮かんでしまうのだ。ほかの未婚女性にしたって同じだろう。

「そうでしょうね」

井垣もため息をついて同意した。「次の犯行を未然に防ぐためにもすぐに発表したほうがいい、という考えもあれば、模倣犯が現れる可能性もあるから慎重に、という考えもある。捜査会議でもいろんな意見が出て、簡単には結論に至らないでしょう」

2

その日、１ＬＤＫの自宅マンションに帰ってパソコンをつけ、インターネットに接続した悠子は仰天した。事件や事故の話題を扱うサイトがあり、そこの掲示板に「被害者はＷイニシャル？」という見出しを見つけたからだ。

――被害者の名前に注目する人間が、わたし以外にもこんなにたくさんいるの？

ネット社会における情報伝播の迅速さは知っていたが、書き込みの多さに悠子は驚いた。

「千葉の殺人事件？　ガイシャは木村京子？」

「木村京美」

「左足が発見されていないって、怖っ！」

「木村京美。ＫＫだね」

「安藤亜衣里。ＡＡ」

「で、今日のＩＩ。市川郁子」

「きき、ああ、いい」

「順番どおりいくよ。ＡＡ―ＫＫ―ＩＩ。ああ―きき―いい。これって、何？」

「ゾロ目殺人事件」

「Ｗイニシャル殺人事件、のほうがカッコよくねえ？」

「昔、あったよ、そういう事件」

「えっ、Ｗイニシャル殺人事件？　乞う説明」

その書き込みに対して、一分後には、あのニューヨークで起きたＷイニシャル殺人事件について匿名の誰かが説明している。

――こんなに早く広まるなんて。

悠子は、自宅に居ながらにして情報を発信、受信できるネット社会に脅威を感じた。テレビをつけて遅い時間のニュースをチェックしてみたが、市川郁子が殺害された事件は報道されたものの、都内と千葉県内で起きた三件の殺人事件を関連づける警察の公式な発表はなかった。

――これじゃ、おもしろがってまねする人間が現れるかもしれない。

井垣が言ったように模倣犯が出る可能性を考えて、悠子は怖くなった。殺人に至らないまでも、Wイニシャルの女性を狙った暴行やひったくりなどの犯罪が増えるかもしれない。

――だけど、犯人は、どうやってWイニシャルの女性ばかりを選んでいるのかしら。

三人とも犯人の顔見知りの女性なのか。しかし、三人全員がWイニシャルというのは偶然すぎる。しかも、ひらがな表記まで同じなのだ。

ふと、脳裏に職場の光景が浮かんだ。上司の峯村道子が笑っている。みねむらみちこ。「MM」で「みみ」。玉木奈美は、峯村道子をバツイチだと言ったが、離婚後、旧姓に戻したのか、婚姻中の姓を使っているのかは不明だ。

――犯人は、結婚してWイニシャルになった女性を狙っている？

安藤亜衣里、木村京美、市川郁子。三人はその条件に該当する。

しかし、いままでの被害者がたまたま既婚女性だっただけで、犯人は、単純にWイニシャルの若い女性を狙っているだけかもしれない。その場合は、結婚していない女性も警戒が必要となる。

――いずれにしても、警察がマスコミに対して、女性一般に注意を促すように捜査状況を公表したほうがいいのでは。

思考を巡らせていたときに電話が鳴って、悠子はビクッとした。最近は、携帯電話にかけてくる者ばかりで、自宅の固定電話にかけてくる者といえば、セールスか実家の母親だけだ。栃木県の黒磯（くろいそ）に住んでいる母親には、「急用のとき以外、ケータイにはかけないで」と念を押してある。母は悠子の兄と同居しているので、何かあったらまずは兄が面倒を見てくれる。東京で一人暮らしをしている悠子は、兄のおかげで安心して仕事ができるのだ。

「よかった、帰っていて」

やはり、電話は黒磯の母、堂本智子（ともこ）からだった。

「さすがに帰っているわよ。こんな時間だもの」

時計を見ると、十一時半を過ぎている。

「隆が寝るまで待っていたのよ」

「お兄ちゃんに聞かれたらまずいこと？」

「まあね」

と答えながら、智子はため息をついた。「隆、結婚するって言い出したのよ」

「へーえ、そうなの。よかったじゃない」

実直だが、寡黙。外見は痩せっぽちで、ひ弱な印象を与える隆である。

――お兄ちゃんは、顔は悪くないんだけど、一生結婚できないんじゃないかしら。

悠子は、何となくそう思っていた。年子の隆は、小さいころは小児ぜんそくがひどく、智子が毎晩、背中をさすってやっていた姿が悠子の目にも焼きついている。だが、大人になるにつれて身体が丈夫になり、痩せ型ではあるが、大病することもなく現在に至っている。たくさん食べても太らない体質の隆は、アルコールも甘いものも好きな悠子から見れば羨ましい。

「よくはないのよ」

智子は、怒気を含んだ声で返した。「隆、あっちの家に入るって言うのよ」

「あっちの家って、つき合っている女性の家？」

「そう。婿養子になるって」

　智子は、ふたたび大きなため息をついた。

「へーえ、別にいいじゃない」

　兄が結婚を決めるときは、何か大きなエネルギーに突き動かされるとき。悠子は、そんなふうにも思っていたので、兄と婿養子という言葉は自分の中ではすんなりと結びついた。

「簡単に賛成しないでよ。あの子、長男なのよ。うちはどうなるの。堂本家は」

「どうなるって、商売しているわけでもないし……」

　言いかけて、悠子はハッとした。隆の仕事を改めて思い出したのだ。地元の商業高校を卒業した隆は、食品会社の工場に就職したが、七年勤めてから地元の和菓子店に転職した。そこで、和菓子職人の見習いから始めたのだが、毎朝、早くに出勤して行く。欠勤したことは一度もないというから、根がまじめなのか、よほど性に合った仕事なのか、と悠子は思っていた。小学生のときに父親を亡くした隆は、「手に職をつける」大切さを痛感していたのかもしれない。悠子と隆の父親は、ビルの建築現場のクレーン事故で亡くなった。重機を扱う資格を持った父親だったが、同じ「手に職」でも息子は違う方向に進んだのだ。手先が器用な点は、兄と妹で共通している。小さいころから隆は工作が得意で、悠子は絵を描くのが得意だった。

「もしかして、お兄ちゃんの結婚相手って、あの『満田屋（まんだや）』の娘？」

隆の勤務先だ。

「そうなのよ。そこの一人娘」

「すごいじゃない。あそこ、老舗（しにせ）なんでしょう？」

「いまの社長で三代目だとか」

「じゃあ、お兄ちゃんが次期社長ってわけか」

「簡単に言わないで。隆があっちに行ったら、うちは途絶えるのよ」

「途絶えるなんて、大げさね」

「でも、そうでしょう？　堂本って姓がなくなる。お母さんは、隆が結婚したら、一緒にうちに住んでくれるものと思っていたから」

「いまどき、結婚して姑（しゅうとめ）と同居したいなんてお嫁さん、いないって」

「じゃあ、悠子。あんたが婿をとってちょうだい」

「何を言い出すのよ」

矛先がこちらに向いてきたので、悠子はあわてた。

「堂本家がお母さんで消滅したら、死んだお父さんやご先祖に申し訳ないじゃないの」

智子は、電話口でめそめそと泣き始めた。

「お母さん、落ち着いて。それって、古くさい考えじゃない？」

泣き出した母親に戸惑って、悠子はやさしい言葉を選びながらたしなめた。「いまは、一人っ子の家庭や女の子だけの家庭が増えているのよ。お墓の問題を心配しているのだったら、大丈夫、解決策はあるわ。そういう本、持って行こうか？　それに、お兄ちゃんは、本当に『婿養子になる』って言ったの？　あっちで仕事を続けるからあっちの姓を名乗るだけじゃないの？」

養子になるのと改姓するのとは違う。

「婿養子になる、とは言わなかったけど、跡取り娘と結婚してお店を継ぐんだから、いずれは養子になるんでしょうよ」

智子は、醒めた言い方をした。

「まあ、それはそうかもね」

養子縁組する可能性は高いだろう。「だけど、それとわたしの問題は別よ」と、きっぱりと言い置いて、「とにかく、近々そっちへ行くから」と、悠子は電話を切った。

どっと疲れが悠子を襲った。お兄ちゃんと一緒だからお母さんのことは安心、と思っていたが、兄が勤務先の娘と結婚するとなると、こちらの計画も狂ってくる。実家は兄の勤務先に近いから、母親に何かあれば飛んで帰れる。しかし、結婚相手の家で暮らすということは、母親にとっては、地球の端と端で暮らすようなものなのだろう。

——そうか、結婚で姓を変えるのがいつも女とは限らないものね。

兄の考え方の柔軟性に感心はするものの、母への同情の気持ちも湧き起こる。身体が弱かった隆ではあるが、父親亡きあと、堂本家のたった一人の男なのだ。息子を頼りにしていた母親の落胆は大きかっただろう。

パソコンの横のスペースにスケッチブックを広げて、悠子は、自分と兄の子供時代を顧みていた。悠子が小学校に上がった年に父親が亡くなったので、隆はまだ二年生だった。男として父親から教わりたいこともあっただろう。父親がいたら、一緒に遊ぶなりしてもっと身体を鍛えていたかもしれない。

そう考えて、ふと、昼間会った刑事、井垣俊に思考が飛んだ。井垣もまた、高校生のときに父親をバスの事故で亡くしているという。しかも、彼は、小学生のときに母親さえも亡くしているのだ。

——両親を亡くして、どんなに寂しかっただろう。

きょうだいはいるのか。いや、その前に、結婚はしているのか。年齢は、三十代半ばだろう。悠子は、井垣俊の生い立ちに強い興味を持っている自分に呆れていた。事件の捜査で知り合っただけの関係なのに、こんなに意識してしまうのはなぜ？　三十二歳の自分とつり合う年齢だからか。自分に好意を示してくれた、と感じたからだろうか。

井垣悠子　ＹＩ

自然に指が動いた。井垣悠子。わたしとは別人格の女のようだ。あの刑事と結婚しても、わたしはWイニシャルにはならない。四つの漢字と二つのアルファベットがスケッチブックから浮き上がり、泡になって悠子の目の前で弾けた。

「何をバカなことをしてるの」

悠子は、子供じみた自分の行為に苦笑した。

3

鍵穴に鍵を差し込み、音を立てないようにドアノブを回す。そういうしぐさがすっかり身についた。深夜に帰宅し、シャワーを浴びて仮眠をとってから、始発に近い電車でふたたび出勤する。ときには、捜査本部に泊り込みになるのを想定して、着替えだけを取りに帰る。ひとたび捜査に入ると、そういう日常の繰り返しだ。

しかし、この日は違った。静かにドアを開けて中に入った瞬間、廊下の電気がついた。

「お帰りなさい」

リビングルームのドアの前に立っていたのは、姉の美江(みえ)だった。化粧は落としているが、まだパジャマに着替えてはいない。

「起きていたのか？　明日(あした)、姉貴も早いんじゃないの？」

総合病院の看護師をしている美江には夜勤もある。明日は、通常の日勤のはずだった。月のはじめに勤務表をもらって、姉の勤務体系を把握している。

「ちょっと話があって」

「こんなに遅い時間に話すような内容？」

互いの不規則な仕事内容を理解し、尊重して、それぞれの時間割で行動しよう。一緒に住む者同士、そういうルールを決めている。

「話そう、話そうと思いながら、機会を逃していたから」

美江は、そう答えて視線を足下に落とした。

「わかった。じゃあ、シャワーだけ浴びさせて。すぐだから」

俊は、浴室に駆け込んだ。五分でシャワーを浴び、寝巻きのジャージに着替えてリビングルームへ行く。

すでに美江は、ダイニングテーブルのいつもの位置に座っていた。大事な話なのだ、と俊は身構えた。話しにくい内容なのはわかっていた。一人息子の慶太（けいた）を叱ったりするときは、ソファではなく、背筋が伸ばせる椅子に座る美江である。

姉の前に座ると、濡（ぬ）れた髪の毛を拭（ふ）いたタオルを首に巻いて、「で、何？」と俊は促した。深刻なムードになるのを避けたかった。

「再婚を考えているの」

美江は、単刀直入に言った。

「そう」

やっぱり、とうなずきながらも、内心、俊は驚いていた。好きな人が現れる暇がないくらい、姉貴は夢中で仕事をしたり、慶太を育てたりしているもの、と思い込んでいたからだ。

「いつからつき合ってるの？」

「一年くらい前かな」

一年間、まったく気づかなかったおまえは何て鈍感なんだよ、と俊は心の中で自分をあざ笑った。

「慶太は知ってるの？」

「知ってるわ。彼とは何回か会ってるし」

「そう」

母親に口止めされていたのか。叔父（おじ）さんに話してくれないなんて水くさい、と中一の慶太を俊は不憫（ふびん）に思った。

「慶太のこと、可愛がってくれるのよ」

「ぼくにも会わせてくれるだろう？」

不機嫌な口調にならないように気をつけながら、俊は言った。可愛がっているのはぼくだって同じだ。

「もちろんよ。それで、俊の都合を聞こうと思って。俊は、わたし以上に忙しい人だから」

「いまは……だめかもしれないな」

「わかってるわ。すごい事件が起きているものね」

刑事の身内だけに、余計な詮索（せんさく）をしないという姿勢が身についている。美江は、

「すごい事件」については聞きもしなければ、自ら語りもしない。

「それが解決してから、と言いたいけど、いつ解決するかわからないな」

時間がかかる。それだけは言える。手口から見て、間違いなく連続殺人事件である。しかも、ネット上で「Wイニシャル殺人事件」とうわさになっている、と本部で聞かされたのだ。自分の目でも確かめた。うわさにはやがて尾ひれがつき、驚くほどの速さで広まるだろう。捜査に支障をきたすほどになるかもしれない。

「永遠に会えそうもない。そう言いたそうね」

美江は、皮肉っぽく言い放って笑った。

「とりあえず、つき合っている男の名前と年齢、仕事を聞いておこうかな」

「まるで父親みたいね」

「そうだよ。ぼくは、慶太の父親がわりのつもりだよ」

――二人で力を合わせて、慶太を立派に育てよう。ぼくが父親がわりになるから。

離婚した姉とその息子を自分が住む中野のマンションに引き取ったとき、俊はそう宣言したのだった。3LDKの一室を甥の部屋にあてがった。

「だけど、わたしの父親じゃないわよね。夫でもない」

「何だよ、それ」

やめてくれよ、と顔をそむけた俊に、

「仕事は、建設会社の会社員。年齢は四十四歳。初婚。名前は、光岡憲次（みつおかけんじ）」

と、美江が報告するような口調で淡々と言った。

「光岡憲次？」

少し考えたあと、「だめだよ、そいつは」と、俊の口からひとりでに否定の言葉が飛び出した。

「どうして？」と、美江が目を見開く。

「どうしても」

「理由を言ってよ」

美江の眉間（みけん）に大きなしわが寄る。最近、姉貴はしわが増えたな、と俊は思い始めたところだった。四十に手が届く美江だ。

「結婚したら、名前はどうするんだよ」

理由を答えないかわりにそう聞いた。

「ああ、そうか。慶太のためにもころころ姓が変わるのはよくない、ってわけ？」

ははーん、と美江はうなずいた。「井垣姓に戻ったとき、学校で慶太がいじめられたから？」

「まあね」

理由はそれだけではなかったが、そう思ってくれたほうがいまは都合がいい。美江はまだ、「あのこと」に気づいてはいないらしい。

「俊らしくないわね。いつも、慶太をそういう偏見とかいじめに屈さない強い子にするんだ、と言ってるくせに。教え諭すのも親がわりの務めでしょう？」

教育方針はそのとおりなので、言い返せない。

「それに、いまは、離婚した家庭や再婚した家庭がクラスに必ず一つや二つはある時代よ。ドラマやアニメにもそういう家庭がたくさん取り上げられているんだから、子供だって免疫がついているわよ。もう名前が変わったくらいでいじめる時代じゃないわ」

余裕を見せて笑いながら話す美江の姿は、俊の目にはまぶしく、たくましく映った。

「じゃあ、そいつの姓になるんだな」

「そのつもりよ。彼だって、それを望んでいると思うし」

「そいつがそう言ったのか？」

「聞いたわけじゃないけど、家族の絆（きずな）を強めるためにも同じ姓のほうがいい、っていう考えの人だと思う」

「そうか。はっきり聞くと、そいつに嫌われるからな。だから、姉貴ははっきり聞けないんだろう」

「何言ってるのよ。どうして、そんなにこだわるの？　わたしに好きな人ができた。その人は慶太のことも可愛がってくれる。だから、結婚したい。それで充分じゃないの。大体、そいつ、そいつって、ちゃんと名前があるのよ。光岡さん」

だから、その名前が問題なんだよ、と言いたいのを抑えて、「ここから出たいだけだろう」と、姉の心理の奥底を読み取ってぶつけた。

「えっ？……」

美江は声を詰まらせて、「どういう意味？」とかすれた声で聞いた。

「弟の厄介になっている。そういう気分が抜けないんだろう。ここに一緒にいたら、ぼくを家に縛りつけているようで心苦しい。姉貴、前にちらっとそう言ったじゃないか」

「言ったかもしれないけど……。あの人との再婚と俊のことは分けて考えてちょうだい。肩身が狭いからじゃないの。慶太のためにもう一度、平凡で幸せな家庭を築きたいだけなのよ。本当に、光岡さんが好きなのよ。心から」

「やめろ！」

弟に声を荒らげられて、美江は、面食らった表情でビクッと身体を震わせた。

「結婚はやめたほうがいい」

「だから、どうしてよ」

「どうしても」

もうっ、と美江は、苛立ちをぶつけるようにテーブルを両手で叩き、席を立つと、

「俊と話してもらちがあかないわ。理由も言わず、『だめ』『やめろ』なんて。まるで暴君ね。あなた、刑事でしょう？　取り調べでもこうなの？　それじゃ、お父さんみたいに慕われる刑事には絶対になれないわよ」と、吐き捨てるようにまくしたてた。

――光岡美江。みつおかみえ。MM。みみ。

頭の中に並んだ文字が俊に襲いかかってくる。Wイニシャル。だめだよ、やっぱり、そいつだけは避けてくれ、と俊はかぶりを振った。

いったん部屋を出た美江は、戸口まで戻ると、「人のことばかり言ってないで、自分のことも考えなさいよ。あなたももう三十六でしょう？　優柔不断の男は嫌われるわよ」と、嫌味っぽく言い放った。

「何だよ」

不意打ちを食らって、俊はうろたえた。姉貴に知られているはずがない、と高をく

くっていたのだ。

「彼女からのプレゼントだって、見ればわかるわよ。バレンタインデーだった？　机の上にデパートの袋が載っていたでしょう？　中身はチョコレートとハンカチ？」

「彼女なんかじゃないよ。バレンタインデーに合コンみたいなのがあって、その景品だよ。警察だって、年中、殺人事件ばかりあるわけじゃない。久々に暇なときだったんだよ。警察官はいちおう公務員だし、安定している職業だってことで、それで……」

弟のしどろもどろの言い訳をしまいまで聞かずに、ため息とともに美江は洗面所へ消えた。

第四章　もつれる糸

1

姉の美江にぶつけられた嫌味な言葉は耳に痛かった。それらの言葉を頭から追い払って、俊は会議室の席についた。

碑文谷中央署。ここに、二つの殺人事件の合同捜査本部が設置されたのだった。安藤亜衣里と市川郁子。ここに、二人の遺体が発見されたのは都内だが、もう一人、木村京美の遺体の発見場所は、千葉県の野田市である。現時点では、表向きは、三件の殺人事件に明確な関連がないとして、管轄を超えての合同捜査本部の設置は見送られている。

しかし、俊をはじめ、捜査員の誰もが三件の殺人事件を関連づけて考えている。被害者は三人とも都内に住んでいた。

「われわれが命名する前に、ネット上では『Wイニシャル殺人事件』と、誰かがごていねいにも命名してくれた。早速、それを採用した週刊誌もある。そのほうがセンセーショナルだからな。しかし、もちろん、こちらはそんな俗っぽい名前にはしない。

単純に、『都内連続女性殺人事件』だ。いいな」

と、最初に、合同捜査本部の指揮を執る須山管理官がマスコミへの皮肉をこめて念を押した。

「姓と名の頭文字が同じで、ひらがなのほうも同じ。その点は考慮しなくていいんですか？」

「AA、II、KK、ああ、いい、きき、ときれいに揃っているじゃないですか」

「そうですよ。そんなの、三人続けば、子供でも気づきますよ」

「しかも、左手を切り取られた遺体と左足を切断された遺体、そして、左顔面にペンキときたら、共通点がないはずがない」

「報道されていない事実があったとして、絶対にどこかからマスコミに漏れますよ」

「そうそう、市川郁子の遺体は人の目に触れていますしね」

挙手なしで、方々から声が上がった。

「静かに」

須山管理官が声を張り上げて、雑談状態の会議室を鎮めた。「考慮しないとは言っていない。まずは、被害者二人、いや、千葉も含めて三人と容疑者とのつながりに目を向けるべきだ、そう言っているんだ。ネットで騒ぐ人間やマスコミに踊らされる人間と同じにされてはたまらない。で、市川郁子、木村京美の共通点が見つかったとか」

「はい」

と、席を立ったのは、俊が駆けつけたとき、市川郁子が殺害された現場にいた二十代の若い刑事だった。「野方東署刑事課の関根(せきね)です」と名乗ってから、彼は緊張した面持ちで続けた。「市川郁子は、三か月前に結婚して、人材派遣会社勤務の夫とあのアパートに住んでいますが、結婚する前にある結婚相談所に登録していました。結婚前の姓は、丸山です。木村京美も同じ結婚相談所で紹介された男性と一年前に結婚しています。こちらは、結婚前の姓が岡(おか)です」

「いわゆる、いま流行(はや)りの婚活ってわけか」

「そうです。でも、市川郁子が結婚した相手は、結婚相談所で紹介された男性ではありません。結婚相談所の名前は、『ジュネス』。歴史ある結婚相談所で、古めかしい名前を横文字に変えてから急成長した会社だそうです。会員同士の日帰りバス旅行やカルチャー教室などを企画して、人気を集めているとか。それから、今日仕入れた情報ですが……」

関根はそこで言葉を切り、大きく息を吸い込んだ。自分が伝える情報の大きさに興奮しているようだ。『ジュネス』の会員名簿の一部が流出したのがわかりました。内部の犯行で、名簿を持ち出した人間もわかっています。鈴木正孝(すずきまさたか)。三十四歳。人事面で不本意な扱いを受けた腹いせに、辞めるときに会員名簿の一部を持ち出した疑いがかけられています」

「名簿の流出か」

腕組みをした須山管理官がうなると、

「鈴木正孝は、持ち出した名簿は紛失した、と供述していますが、本当かどうかわかりません。彼の身辺を調べている最中です」

と、別の捜査員が報告した。

「Wイニシャル……いや、この表現は使いたくないが、まあ、これがもっとも的確だな」

と前置きしておいて、「Wイニシャルについては、安藤亜衣里の捜査班から重要な情報があると聞いているが」と、須山管理官が俊に視線を移した。

「本庁捜査一課の井垣です」

俊はそう名乗ってから、「安藤亜衣里の大学時代の友人」である堂本悠子から仕入れた情報を捜査員一同に伝えた。

「堂本悠子という友達は、十年以上も前にWイニシャルに注目していたのか」

須山管理官が驚いたように首を振る。

「すでに報告済みですが、事件発生時、堂本悠子は仕事でベトナムにいました。裏もとれています」

堂本悠子に無用な疑いの目が向けられてはならない、と俊は急いで言い添えた。

「発見されていない被害者の左手薬指には、結婚指輪と堂本悠子から贈られた指輪がはめられていました。堂本悠子の手作りのビーズの指輪です。作った本人が実物の写真を撮っていましたので、参考にしてください」

捜査員たちは、所轄の署員が配布しておいた指輪のコピーを次々と手にする。

「被害者の大学時代の合コン相手だが、H大学の理工学部というと、一学年だけで三千五百人の学生数だぞ。五人全員が同じ学年とは限らないしな。当時の理工学部の学生名簿を調べるとなると、気の遠くなるような数の卒業生が対象になる。『あ』から始まる姓を当たるとしても、少なくはない数だろう」

「被害者の大学の合コン参加者から当たります。J美大のメンバーから。堂本悠子が思い出せないのなら、参加者の一人、小島めぐみに会ってみます。彼女の情報も堂本悠子から仕入れました」

俊は、力強く言った。合コン実績のある理工学部の学生を捜すのは、確かに気が遠くなる作業だ。まめな人間がいて、日記にでも残しておいてくれれば話は別だが。

「そのほうが早いな。小島めぐみにほかのメンバーの情報も聞いてくれ」

須山管理官が顎を上げるしぐさで指示し、「ほかには」と、会議室を見回した。

「はい」と、後方の捜査員が挙手し、所属と名前を告げた上で報告した。「市川郁子の自転車に付着した赤いペンキは、郵便局のそばですでに通行人に目撃されています。顔面にカラースプレーを吹きつけられたのは、解剖の結果、アパートの駐輪場で殺害されたあとだと判明しました。死因は、後頭部を鈍器のようなもので強く殴られての脳挫傷です。安藤亜衣里と木村京美のケースとは違い、市川郁子は遺体の発見現場で殺害されています。発見現場付近の聞き込みのほか、防犯カメラなどを分析中です」

被害者の現在の交友関係を調査した班からは、調べた範囲では、安藤亜衣里、市川郁子ともに、誰かにつきまとわれたり、恨まれたりしていた様子はない、と報告があった。千葉県警からも、被害者の木村京美からストーカー被害などの届け出はないという情報がもたらされていた。

「それでだ、名前の共通点について、正式な発表をするかどうかだが」

と、須山管理官が苦い顔で言い、大きなため息をついた。「氏名の英語表記、すなわちローマ字表記とひらがな表記の頭文字が同じ。そこに被害者の共通点がある、とマスコミに向けて発表したほうがいいのかどうか。正式発表することによって、模倣犯が出たらどうするか。様子を見ているうちに、新たな犯行が重ねられないか。しかし、まあ、いまさらな気もするが、何にも発表しないというわけにもいかない。こっちがボンクラだと思われるのも癪だからな」

会議室内に重い空気が垂れ込めた。どうせ、判断は上の者がくだすのだろう。いちおう会議にかけたというアリバイ作りをしたいだけなのだ。俊は、しらけた思いと苛立ちの中で、小島めぐみのもとへ行く自分をすでに想像していた。

2

間口の狭い画廊とはいえ、並木通りに面した銀座の一等地での個展である。少しの気後れを覚えながら、隣のブティックの前で立ち止まり、顔を出してガラス張りの画廊内をのぞきこむ。戸口に白い胡蝶蘭の鉢が置かれており、カウンターにスタッフらしい女性が一人、中ほどに白いワンピースに黒い上着をはおった女性が一人立っているだけだ。客のいないときのほうが話しやすい。

呼吸を整えて、ガラス扉を開ける。悠子の顔を見たワンピース姿の女性の唇が、あっという形に開いた。六年ぶりだが顔の印象は変わらない。小島めぐみだ。白いワンピースには裾（すそ）に、黒い上着には袖口（そでぐち）と襟元に、それぞれ同色のレースがふんだんについている。茶色に染めた長い髪にレースで縁取られたカチューシャをつけている。

学生時代から少女っぽい可愛らしいファッションが好みの小島めぐみだったが、個展を開くまでになっても服装の趣味は変わらないようだ。

「こんにちは。このたびは、個展開催、おめでとうございます」

「来てくれたのね。ありがとう」

小島めぐみは、面食らった表情を一瞬で抑え込むと、女優のように両手を差し出して悠子を歓迎した。

「どうぞ」

差し出された手に、用意して来たガーベラの花束を渡す。

「まあ、きれい。ありがとう。ガーベラは大好き」

花束を抱き取って花びらを撫（な）でる。受け取り方も大げさだ。在学中はこういう親しい間柄ではなかったのに、と悠子は戸惑いを感じながらも、どう話を切り出そうかと頭の片隅で考えていた。

「安藤和樹さんから教えていただいたので」

彼女の戸惑いを取り除くために、そう伝えておく。

「ああ、そうね。亜衣里にも案内を出したのよね。でも、あんなことに……」

表情が暗くなりかけたが、今度も一瞬で立ち直り、小島めぐみは「お元気？」と、悠子の近況について尋ねてきた。「六年前だったかしら、亜衣里の結婚式で会ったとき、違う会社に移る話をしていたよね。前は、教材の会社にいたんでしょう？」

「いまは、こういう会社に」

悠子は、小島めぐみに会社の名刺を渡した。

「あら、『プチトロワ』ね。わたし、よくここに行くのよ。いろいろ可愛いものが揃っていて」

小島めぐみは、花束を椅子に置きながら名刺を見た。

「ご贔屓にありがとうございます」

「ここで、デザイン関係のお仕事を？」

「まあ、そんなものを」

華やかな個展会場に来て、「三百均のデザイナーです」とは名乗りにくい。ここに飾られているのは、完璧なオリジナルで油彩画作品ばかりだ。三百円では小さな額縁一つ買えない。

「さっきまでお友達が何人か来ていたの。たくさんおしゃべりして、話し疲れちゃったわ」

と、小島めぐみは、おどけた調子で客がいないことの言い訳をした。

「先に見せていただくわね」

画廊内に飾られている作品は二十点あまりだ。鑑賞するのに時間はかからない。きれいで上品な色合いだが、選ぶモチーフといい、構図といい、いかにも女性らしい静物画といった趣で、個性的とは言いがたい既視感のある作風だ。

小さなサイズの絵ばかりすでに三点売れているが、友人が義理で買い上げたのだろう。いずれも三万円の値段がついていた。三百円ではなく三万円。はあ、と悠子は心の中でため息をつく。三百円の商品を買ってもらうのに躍起になっている自分がばかばかしく思えてくる。この画廊は、一週間借りて一体いくらかかるのだろう、と計算している自分に気づいて、さらなる自己嫌悪に陥る。

「お部屋に飾りたくなるようなすてきな作品ばかりね」

鑑賞し終えて、悠子は無難な感想を口にした。

「そう。ありがとう」

褒められ慣れているのだろう、小島めぐみは、屈託のない笑顔で丸テーブルに着席を促した。コーヒーが用意されている。

「松本さんも見たかったでしょうね」

雑談が始まる前に、悠子は核心に触れた。ほかの客が来る前に用事を済ませてしまいたい。無意識に、呼び方が学生時代に戻ってしまっていた。

「人生って何が起こるかわからないわね。亜衣里があんなひどい目に遭うなんて」

遺体を想像もしたくない、というふうに小島めぐみは頭を振った。

「松本さんと最後に会ったのはいつ？」

学生時代、悠子が知っている限り、亜衣里ともっとも仲のよかった小島めぐみである。しかし、小島めぐみは即答するのをためらっている様子で、「いつだったかな」と、思い出すように視線を泳がせて、「お通夜にも告別式にも行かなかったのよ」と、まずはそこから話し始めた。「個展の準備で忙しかったこともあったけど、体調がすぐれなくてね。風邪ぎみで寝込んでいたときだったの。それに、家族にも『犯罪が絡んでいるから、そういう場所に行くのは控えたほうがいい』と止められて。わたしの父、弁護士なの。兄も法律関係の仕事に就いていて」

「じゃあ、結婚式のときに会ったのが最後？」

小島めぐみの口ぶりから悠子はそう察した。

「まあね。でも、年賀状のやり取りくらいはしてたけど。メールアドレスも知ってる。だけど……何となく疎遠になって」

そこで、小島めぐみは肩をすくめて、意外な言葉を続けて口にした。「堂本さんのせいよ」

「わたしのせい？」

どういう意味だろう。思いがけない展開に戸惑い、心臓が脈打つ。

「亜衣里は、本当は、堂本さんみたいな人と親友になりたかったのよ」

小島めぐみは、わずかに唇を尖らせた。

「そんな……」

どう答えたらいいのか。同じことを安藤和樹にも言われた。

「わたしとは本当は相性がよくなかったのね。だけど、誰かといつもくっついていないと不安でたまらない女心ってあるでしょう？　とくに学生時代は。わたしたち、テニス部で一緒だったから、いつも一緒にいるのがあたりまえみたいになってたわ」

「相性がよくないと感じたきっかけがあったの？」

「わたし、見ちゃったのよ。亜衣里がデートしているところを」

相手が誰なのか、悠子はすぐに悟った。例の男だ。

「ほら、合コンしたでしょう？　何度かしたけど、堂本さんがつき合ったのって一度きりだから。わたしと途中で交代したあのとき。あのメンバーの中で亜衣里に交際を申し込んだ学生がいたの。その人と渋谷でデートしているのを、偶然、目撃しちゃったのよ」

「そのこと、松本さんに言ったの？」

「すぐには言わずに、しばらくたってから、『あの人とはどうしたの？』って聞いたの。亜衣里、ずいぶんびっくりしてた。『誰に聞いたの？』なんて怖い目をして問い詰めるのよ。だから、『この目で見たの』って言ってやった。そしたら、ホッとしたような顔をして、『あの人とは別れたから』って」

そこで言葉をとぎらせると、小島めぐみは、悠子の表情をうかがうように鋭い視線を向けてきた。

――その人って誰なの？　名前は記憶している？

そう尋ねたい気持ちをこらえながら、悠子はコーヒーに口をつけて、彼女が話を続けるのを待った。

「わたしと亜衣里って、感性が似ている部分があったのね。感性が似ていると反発し合うのよ。亜衣里が何を隠しているのか、わたし、ぴんときたの。それで、『デートを申し込まれた話、誰かにしたんでしょう？』って聞いたのよ。そしたら、亜衣里はあっさりと教えてくれた。堂本さんに話したって。そうでしょう？」

「ああ、うん、そんなこともあったわね」

亜衣里がどこまで彼女に話したのかわからなかったので、悠子は曖昧に応じた。

「そのとき、そうか、わたし、亜衣里に信用されていなかったんだ、とようやく気づいたのよ。一緒にいる時間がいちばん長かったんだから、わたしに話してくれてもいいじゃない。何回も食事したり、家を行き来したり、旅行もしたのよ。それなのに、たいして親しくもなかった堂本さんにだけ話すなんて。しかも、どうすればいいのか、相談されたんでしょう？　女って怖いな、って思ったわ。親しいふりをして、心の中では疑っている。冷たい友達だな、と思うのは当然でしょう？　それとも、堂本さんに嫉妬するわたしのほうがおかしい？」

「いえ、そんな……」

こんな展開になるとは予想もしなかった。小島めぐみの勢いに気圧されながら、

「あのとき、相談されたかもしれないけど、何て答えたか、忘れちゃったわ」と、悠子は予防線を張りながら言った。

「でもね、なぜ、亜衣里が堂本さんにだけ相談したのか、わかる気はするのよ。堂本

さん、口が堅いもの。いまだってそうでしょう？　本当は憶（おぼ）えているくせに、何て答えたか、忘れちゃった、なんて賢い受け答えね」

「松本さんはどう答えたの？」

Wイニシャルのことが小島めぐみに伝わっているのかどうか。探りを入れてみる。

「亜衣里、教えてくれなかったわ。でも、その人と別れられたんだから、堂本さんのアドバイスが的確だったってことよね。そんなこんなで、亜衣里との仲がぎくしゃくして、それきり。さすがに結婚式には呼ばないとまずいと思ったんじゃないかな。わたしたちがいつも一緒にいたのは、みんなが知っていたんだもの。結婚披露宴での亜衣里の幸せそうな顔を見たら、何だかまた悔しさがこみあげて、それきり連絡しなくなってね。あっちにもわたしの気持ちが伝わっていたんでしょうね。新居にも誘ってくれなかったし、その後も誘ってこなかったわ」

彼女はWイニシャルのことは知らないのだ。悠子は安心したが、亜衣里が死んだあとに交友関係がもつれるのは気まずい。

「わたしを裏切った亜衣里を憎んでいた。こんな話、警察が知ったら、わたしも容疑者の一人にカウントされるのかな。動機ありってことで」

小島めぐみは苦笑した。

「まさか、そんな理由で」と、悠子がかぶりを振ると、「昨日、警察がうちに来たのよ」と、険しい声が返ってきた。

——井垣俊ではないか。

悠子は、そう直感した。

「個展が始まるとゆっくり話せないからって、刑事が二人、上北沢（かみきたざわ）の自宅に来たのよ。亜衣里のご主人に自宅の住所を聞いたのね。わたしは、学生時代からずっと自宅暮らしだものね。亜衣里、合コンの話をご主人にしたことがあったのかしら。警視庁の井垣って刑事が『学生時代の合コンについておうかがいしたいんですが』と、切り出してきたわ。『亜衣里さんは、合コンの参加者の一人とデートしたことがあったそうですが、そのときのメンバーを知りたいんです』ってね。亜衣里はもてたから、デートしたのは一度や二度じゃないけど、わたしの印象に残っているのは、さっき話したデートだけだったから、その話をしたわ。堂本さんに相談するくらいだから、きっと、面倒な事態に巻き込まれたのかな、とも思ったし」

亜衣里への屈折した感情を吐き出してしまったらすっきりした、というように、小島めぐみは淡々と報告して、声を落とした。「でも、そんな昔のできごとが今回の事件に関係しているのかしら」

「警察は、どんな些細な情報でもほしいのよ」

「そうよね。堂本さんも事情を聞かれたんでしょう?」

「ああ、ええ、松本さんの大学時代の友人としてね。結婚披露宴にも招待されたから」

指輪の情報は伝えられない。

「どう答えたの?」

「松本さんとはそんなに親しいおつき合いはしていなかった、と事実を答えたわ。最近の交友関係についてもまったく知らないってね」

今度は、小島めぐみが探りを入れてきた。だが、亜衣里の遺体から左手首が切断されていた事実はマスコミには公開されていない。ここは口が堅いからではなく、捜査をしやすくする上で情報は漏らしてはならない、と悠子は自分の胸に言い聞かせた。井垣という刑事は、合コン情報を悠子から仕入れた事実を伏せてくれたのである。

「そう。とりあえず、信じておくわ」

と、小島めぐみは皮肉っぽく言った。

「それで、小島さんは、合コンのメンバーの名前は憶えているの?」

こちらからは与えられないが、肝心な情報は入手したい。

「知りたい？」

「警察に話したのならそれでいいけど」

悠子が原因で仲のよかった友達に裏切られた、と思い込んでいる小島めぐみである。意地悪をして教えてくれないかもしれない、と期待はしなかったが、「わたしだって、一日も早く犯人が捕まればいいと思っているのよ」と、彼女は悠子の心中を読んだかのように言った。「亜衣里とデートした相手の名前は忘れちゃったけど、合コンを企画した子の名前なら知ってるわ。中山周平(なかやましゅうへい)君。理工学部電気電子工学科の三年生」

「理工学部電気電子工学科の中山周平君、ね」

悠子は、その名前を復唱した。

「ずいぶんくわしく憶えているな、と思ったんじゃない？　日記をつけていたわけじゃないのよ」

小島めぐみは得意げな表情になって言い、「実はね」と、いたずらっぽい目をしてみせた。「合コンは出会いの場でしょう？　中山君にはわたしからアタックしたのよ。でも、断られちゃった。彼の好みじゃなかったみたい。ふられた相手の名前って、なぜか憶えているのよね」

「その話は……」

「誰にもしてないわよ。亜衣里にも。恥ずかしくて言えなかったわ」

「その中山君の名前は刑事に教えたの？」

すぐに身辺調査に着手しただろう、と警察の捜査を思い描きながら、悠子は聞いた。

「もちろんよ。一市民の義務としてね」

「松本さんとデートした男性の情報は、その中山君から警察に伝わるわね」

「でしょうね」

と、少し楽しげな口調で受けて、「実はね」と、小島めぐみはふたたび得意げな表情をして、告白口調に切り替えた。「卒業してから二年くらいたってかな、偶然、銀座で中山君に声をかけられたのよ。わたしのこと、憶えていたのね。今度は、あっちがわたしに関心を持ったみたい」

「それで、おつき合いしたの？」

「一度はデートしたわよ。だけど、今度はこっちからふってやったわ」

晴れやかな顔の彼女を見て、ああ、それが言いたかったのか、と悠子は納得した。学生時代にふられた男を今度は自分が袖(そで)にする。復讐(ふくしゅう)を遂げたような快感を味わっただろう。

「だって、あの人、せっかく就職した会社を一年で辞めて、得体の知れない仕事をしていたから。将来性のない男なんてまっぴらごめんよね」

聞きもしないのに、小島めぐみは、自ら男をふった理由を口にした。

「得体の知れない仕事って？」

「役者になるのが夢だったみたい。どこかの劇団に所属して、バイトしながら舞台稽古をしているって」

「舞台で活躍しているのかしら」

「さあ、どうかな。いまだにテレビでも雑誌でも顔を見ないもの。夢が果たせずに、消えちゃったんじゃないの？　それか、小さな劇団でちまちまとお芝居をしているか。ちょっとばかりイケメンだからって、自信持っちゃったのね。あの程度の男は、街を歩けばごろごろしてるのに」

最終的には捨てたとはいえ、一度でもふられた男に対する恨みは深いらしい。小島めぐみは、ねえ、と悠子に同意を求めて、ふふふと笑った。

3

大宮駅の西口から歩いて五分の居酒屋やレストランが密集した場所だった。全フロアに飲食店が入ったビルの一階に、目当てのダイニングバー『ハニー』はあった。バーというとカクテルを連想するが、「世界のビールが飲めます」というのが売りらしい。表の看板に、ベルギービールやドイツビールなどの色とりどりの瓶のラベルが弧を描くように貼ってある。ガラス窓越しに棚に並べられた夥しい数のボトルが見える。

午後四時四十五分。店が始まるには早い時間だ。店内は薄暗い。扉には「準備中」の札が下がっている。

「井垣さん、驚いているでしょう？」

捜査の当初からペアを組んでいる碑文谷中央署の戸部が背後で言った。年齢は俊より一回り上だが、所轄署の刑事課の捜査員としてつねに俊を立て、一歩下がって行動している男だ。

「チェーン店でもないこの種の店は、家賃の関係で、都内なら大抵は地下にあるけれど、ここではでんと一階にあります。それだけこの店が儲かっているという証拠かもしれません。というより、この種の店は大宮では珍しいから人が集まるんですよ。ビールの品揃えもいいですしね。埼玉だからといって、大宮は侮れません。うまい鰻を食わせる店も多いし、ふぐの老舗もありますよ」

「戸部さん、出身は埼玉でしたね」

夕方という時間帯を選んで中山周平がバーテンダーとして勤めている大宮の店へ事

情を聞きに行く、と決まったとき、「ああ、大宮は、昔よく遊んだ街ですよ。わたし、出身が埼玉ですからね」と、戸部は懐かしそうに答えたのだった。

「わたしが育った浦和もこの大宮も、いまは同じさいたま市になってしまいましたけどね。久しぶりに足を運びました」

戸部は感慨深げに言って、話しすぎたというように表情を引き締めた。口数の少ないまじめな男が珍しく自分の育った街について語ったので、俊は意外な気がした。

閉まっていたら出直そうと考えていたが、店のドアに鍵はかかっていなかった。カウンターの奥にだけ明かりが灯り、白いシャツ姿の長身の男が忙しそうに手を動かしていた。

「五時半からですけど」

顔を上げた店員は、やや目を細めて、入って来た男二人を見た。

「開店前に少しおうかがいしたいことがあって。中山周平さんですね？」

店員が漂わせる警戒するような雰囲気を察知するやいなや、俊は警察手帳を提示し、名乗ってから切り出した。他人の不安げな表情を見る時間はなるべく短くしたい。中山周平の名前を教えてくれたのは、学生時代、安藤亜衣里と仲がよかったという小島めぐみだった。氏名から住所や勤務先を調べる方法は、警察ならいくらでもある。運転免許証を持っていれば氏名を照会し、情報を入手する。パスポートを持っていれば、パスポートで照会できる範囲の情報も調べる。公にはできない前科者リストなどもある。中山周平の場合は、卒業した大学名や年齢という手がかりもある。とにかく、各方面への照会の結果、中山周平は、現在さいたま市岩槻(いわつき)区に住んでいて、大宮駅前の飲食店でバーテンダーをしていることがわかったのだった。

「中山ですけど。警察……ですか」

店員は心の準備をするかのように言い、「どうぞ」と、カウンターの前のスツールを二人に勧めた。

「何か作ってもらえますか？」

開店前ですけど、と遠慮がちにつけ加えると、「何を作りましょうか」と、中山周平は柔らかく尋ねた。

「ウイスキーの薄い水割りを」と俊は注文し、隣の戸部へ視線を流した。戸惑い顔の戸部が「同じものを」と、バーテンダーの中山周平へ答える。

——アルコールを出す店へ聞き込みに行くときは、開店直前から直後の暇なときを狙い、ビール一杯でも何か注文すること。

刑事だった父親が遺(のこ)したノートにそう書かれていたのを読んだ俊は、自分が刑事になってすぐに実行に移した。ペアを組む所轄署の捜査員にもそう教えているが、「捜査中は仕事中。仕事中に酒なんて不謹慎だ」と、露骨に顔をしかめる者もいる。

銘柄は指定しなかったが、てきぱきとした作業ののちにカウンターに置かれたのは、I・W・ハーパーの水割りだった。

「何の事件の捜査ですか？」

刑事二人がグラスを持ったのを見て、中山周平のほうから聞いてきた。

水割りをひと口飲んでから、「東京の目黒区で女性が殺害された事件の捜査です」と、俊は答えた。自分の作った酒を飲む客の姿を見ると気分がほぐれ、口元が緩む、と経験上知っていた。

「目黒区で、というと……」

「被害者の名前は、安藤亜衣里さんです。ご存じですか？」

「えぇっと、例のあの事件のことなら……知ってますけど。Wイニシャル殺人事件、ですよね」

と、中山周平は答えた。被害者とは面識がないが、事件のことは知っている。そう答えたつもりのようだ。その答え方の裏に、被害者の名前まで知っていると思われたくない、という心理を読み取るのが刑事の仕事である。

――曖昧（あいまい）な尋ね方をするのもテクニック。

そう教えてくれたのも死んだ父親、井垣勇一（ゆういち）だった。

「ここに来るお客さんたちも話題にしているし、猟奇的な事件だってうわさになってますから」

と、中山周平は言った。

「被害者とは面識がありますか？」

今度は、明確な質問をぶつける。

「いえ、ないですけど」

「中山さんが卒業した大学は、H大学でしたね。H大学の理工学部電気電子工学科」

「そうですけど」

「大学三年生のとき、合コンをしたことがありましたよね。合同コンパ。男女が集う飲み会です」

「ええ、やりましたよ。合コン」

「安藤亜衣里さんとも合コンで顔を合わせているはずですが。彼女は、J美大の学生でした」

「そうでしたか？　でも、何回も開いたし、相手はJ美大だけじゃなかったし、十年以上も前のことだし、合コンしたとしてももう忘れていますけど」

　中山周平の口からは、知らない、と答えたときに予想される理由が返ってきた。

「では、小島めぐみさんは憶えていますか？」

「小島めぐみさん、ですか。彼女は……」

　どう答えようか、少し躊躇するそぶりを見せてから、「憶えていますよ」と答え、「彼女のことはすでに調べてあるんでしょう？　俺との関係も」と、開き直ったような口調に変えた。自分から話したほうが得策だ、と計算したらしい。

「小島めぐみさんもJ美大の学生でしたよね。安藤亜衣里さんは彼女の学生時代の友達で、合コンに一緒に参加しています」

「あのあと、小島さんのほうから電話があったんですよ。俺のケータイに。で、デートしたんですが、一度きりです。フィーリングっていうか、感覚が合わないのがわかったんで」

「その後、卒業してから会っていませんか？」

「ああ、その話も彼女から聞いているんですか」

　中山周平は、じゃあ、仕方ない、というふうに唇を歪めた。「卒業して二年目くらいだったか、街で彼女を見かけたんで声をかけましたよ。つき合ってみてもいいかな、と思ってね。だけど、時すでに遅し。彼女のほうが俺を相手にしてくれませんでしたよ。フリーターみたいなものだったしね。学生同士ならつき合えても、社会人になったら相手の会社の規模をまず見る。それが女ってものですかね」

「さあ、どうですか」

簡単に同意はできない。俊は、軽く笑ってまた水割りに口をつけた。薄く作ってくれとは頼んだが、それにしても薄すぎる。が、文句は言えない。「合コンに話を戻しますが、H大の参加者を思い出せませんか？　安藤亜衣里さんにデートを申し込んだ学生がいたらしいんですが」

中山周平は、探るような目を刑事に向けてくる。

「小島めぐみさんのほかにも合コンに参加した女性が、安藤亜衣里さんとデートをした男性が『あ』で始まる苗字(みょうじ)だった、とまでは記憶していました」

堂本悠子の名前を伏せて、そこまで俊が情報を与えたとき、

「ああ、何だ、相川(あいかわ)か」

と、中山周平が簡単にうなずいたので、思わず俊は戸部と顔を見合わせた。戸部も拍子抜けしたような顔をしている。

「相川さん、とおっしゃるんですか？」

「相川だと思いますよ。『あ』から始まる苗字は彼くらいだったし。相川公也。同じ学科でしたよ」

「その相川公也さんは、現在、どこにおられるか、ご存じですか？」

松本亜衣里が相川と結婚すれば、「相川亜衣里」だ。確かに、氏名の頭文字は「AA」で「ああ」になる。

「相川なら死にましたよ」

「亡くなった？」と、隣で戸部が頓狂な声を上げた。

「ええ。去年でしたか」

「どうして亡くなったんですか？」と、俊は聞いた。

「自殺ですよ。相川の家族から年末に年賀欠礼のハガキがきたんです。母親の名前で。それで、相川が亡くなったのを知りました。メル友といっても、一年間ご無沙汰なときもあれば、思い出したようにメールをやり取りする仲だったんです。驚いて家族に連絡したら、自殺だったとわかりました。自分の部屋で首を吊って。そういう亡くなり方だから、密葬にしたみたいで」

中山周平はそこまで言って、救いようがありません、というように首をすくめた。

「自殺の原因はわかりませんか？」

「わかりません。根掘り葉掘り聞くのも悪い気がして。でも、相川の母親は、『あの子はうつ状態だったので』と、電話で言っていました。俺が思うに……」

中山周平は、俊が手にしたグラスに視線を落とした。

「何か心当たりがあるんですか？」

「あいつ、もともとあまり身体が強くないみたいで。卒業して大手家電メーカーに勤めたんですが、五年目くらいに体調を崩して休職していました。腎機能を悪くした、とメールにはあったんですが、その後、復帰したと聞いて安心していたんです。うつ状態になったとしたら、健康問題も関係しているのかな、と思いました。人間、身体が弱ると気も弱くなるものでしょう？」

「相川さんは結婚されていたんですか？」

「いえ、独身でしたよ。住所は変わらなかったから、ずっと実家です。世田谷区下馬です」

「女性との交際は？」

「それはどうかな。卒業してからは、そこまで聞くような深いつき合いはしていなかったし。女性関係については、会社の人のほうが知っているんじゃないかな」

「学生時代、相川さんが安藤亜衣里さんと何回かデートしていたことはご存じでしたか？　彼女の旧姓は『松本』です」

「いやあ、知らなかったな。俺もそうだけど、いちいち報告し合う義務はないからってことで、秘密裏につき合ったりしていたんですよね」

であれば、Ｗイニシャルのエピソードは知るよしもないだろう。

「最後に相川さんと会ったのは？」

「卒業したあとは三、四回くらいしか会ってません。それも、卒業後三年間に集中しているかな。二人で飲んだのは一度きりだったか。最後にメールがきたのは亡くなる半年前くらい。でも、そのころ、俺は舞台で忙しくて返事も出せなくて。それきりかな。舞台の案内を出しても無視されるような状態じゃ、返事も出したくなくなりますよ」

「舞台というと、俳優のお仕事をされているんですか？」

「俳優じゃなくて、ただの役者ですよ。テレビじゃなくて、舞台に立つだけの。売れない役者と思ってください。当然、こうして独身のままですよ」

と、中山周平は自嘲(じちょう)ぎみに、だが、どこか楽しげに答えた。

「どんな舞台に立たれているんですか？」

中山周平がせっかく就職した会社を一年で辞めて、どこかの小さな劇団に所属したという話は、小島めぐみから仕入れていた。あれは、卒業後二年目だった。三十を過ぎて、まだそういう生活を続けていたのか。

「チラシ、ありますよ。このあいだまで下北沢でやっていた芝居の。次は来年の春にやります。そんな感じなんで、正社員になんかなれないんですよ。ここは、稽古や公演のあいだは休ませてくれるし、理解があって勤めやすいんです」

中山周平はそう説明しながら、カウンターの下からチラシを取り出した。宣伝のためにつねに手元に置いているのかもしれない。「公演の日程が書いてあります。それから、劇団に問い合わせてもらえば、俺の稽古日だってわかりますよ。つまり、裏がとれます。警察って、聞き込みのときなんかに関係者のアリバイを一緒に確認したりするんですよね」

「ありがとうございます」

チラシを受け取って、俊は礼を言った。最近は、テレビの刑事ドラマが増えたため、一般人がこちらの気持ちを先回りして汲み取ってくれる。「ついでに教えていただけますか」と、相川公也の実家の住所を聞くと、中山周平は、「いまはわかりませんが、あとで連絡します」と快く応じてくれた。

4

「中途半端な収穫でしたね」

店を出ると、戸部がため息をついた。店内では薄暗くてわからなかったが、アルコールは弱いのか、顔を真っ赤にしている。

「相川公也には、割合、簡単にいきついたけれど、本人は死んでいた、か」

俊もひとりごとのように言い、ため息をついた。目についた自動販売機でミネラルウォーターを買い、「どうぞ」と戸部に差し出す。

「ああ、すみません。わたし、酒はまったくだめで」

頭をかきながら、戸部は水を飲んだ。

下戸なのに、情報を得るために無理してつき合ってくれたのだ。「自分の方針に従わせてしまって、こちらこそすみません」と年上の刑事に謝ったとき、胸ポケットで携帯電話が震えた。捜査本部からのメールでの捜査情報だ。最近は、事件の速報はメールで入ってくる。

液晶画面の無機質な文章が勢いをつけて目に飛び込んできた。また起きたのか、と心の中で舌を鳴らす。さっきより大きなため息をついて、俊は画面を戸部に見せた。

――名古屋でコロシ。○ガイは、芳村曜子。三十三歳。今年二月に結婚。

「四件目ですか。Wイニシャルじゃないですか」

画面を見た戸部が息を呑む気配が伝わってきた。

「まだそうと決まったわけではありません。遺体の左側に何らかの痕跡があれば確実ですけどね」

都内で二件、千葉県で一件、そして、名古屋でも。芳村曜子。YY。よよ。これを偶然と見るか、関連性があると見るか。俊は、せき立てられるような思いで都内へ戻った。

第五章　婚活

1

「堂本さん、今日はお弁当ですか？」

総務課の玉木奈美がデザイン室に小走りに入って来て、オレンジ色のハンカチで包んだ弁当箱を掲げた。

「手作りじゃないけどね」

これ、と悠子はデスクに広げたナプキンを指さした。出がけにコンビニで買ったおにぎりが二つと、パックのハム入り野菜サラダが載っている。おにぎりの具は、昆布と鮭だ。

「一緒に食べていいですか？」

「どうぞ」

玉木奈美は、隣の空いている作業用のデスクに弁当箱を置き、近くの椅子を引き寄せて座った。悠子は、袖机の上のデザイン画を急いで片づけた。ランチョンマットに刺繍（ししゅう）のワンポイントがほしいという要望があったため、そのデザインを考えながら食事をしようと思っていたのだ。アルファベットを組み合わせたデザインが頭にある。

昼休みの職場。派遣社員二人は外に行き、前の席の山下直子はけさから大阪に出張中だ。それがわかっていたから、職場でランチを食べる気になったのだった。パネルの前に誰もいないと思うと、たまらない解放感に包まれる。

「偉いわね。毎朝、ちゃんと作って来るの？」

そんな量で足りるのだろうか、と訝（いぶか）るくらいの小さな弁当箱に色とりどりのおかずがきっちり詰め込まれている。卵焼きに鶏のから揚げに高野豆腐としいたけといんげんとにんじんの煮物。

「違いますよ。ママのお手製です。パパと弟の分も入れて、三つ一緒に作ってくれるんです」

「弟さんは？」

「まだ高校生ですよ。うちは九つも年が離れているんです」

そう答えると、玉木奈美は「いただきます」と手を合わせて、ピンク色の箸（はし）を手にした。

「玉木さんはいくつ？」

「二十五ですよ」

「まだ二十五か」

「もう、ですよ」と、玉木奈美は、もぐもぐさせながらも口を尖らせた。「うちのママが結婚したのは二十七でしたけど、それでも遅いほうだったんですって。ママのちょっと上の世代は、『クリスマスイブまでには結婚しなければ』というプレッシャーがあったとか。つまり、二十四歳までに結婚しなければ、って意味です。クリスマスイブを過ぎると、デコレーションケーキはぱたっと売れなくなる。女も同じってわけです。二十五を過ぎた女にはお声がかからなくなる」

「そういう話、聞いたことがあるわね。でも、さすがに、いまはそういう時代じゃないでしょう？　結婚したい人が現れたときが適齢期よ。ほら、五十を過ぎて年下の人と結婚した女優さんがいたじゃない」

「あ、ああ。まあ、女もお金があれば男は寄って来ますからね」

玉木奈美は、感心するそぶりも見せずに、しらけた表情で言った。「でも、もうその年じゃ子供は産めないわけだし。何だか悲しいですよね」

「あら、玉木さん。子供がほしいの？」

「ほしいですよ。赤ちゃんが出てくるコマーシャルなんか見ると、『わあ、可愛い』

って思っちゃう」

「女の子が生まれて幼稚園に入ったら、キャラ弁なんか一生懸命作るタイプかな」

悠子は、玉木奈美の箸箱についたキティちゃんの絵柄を見ながら言った。

「かもしれませんね」

玉木奈美は笑って、「堂本さんはあせりませんか？」と、年上の悠子をターゲットにしてきた。

「結婚なんて考えてないわ。いまは、仕事のみ」

米粒のあいだからようやくのぞいた鮭の塊を口に含んで、悠子は言った。

「へーえ、すごいですね。仕事に生きる女、ですか。でも、女には子供を産む適齢期ってあるじゃないですか。わたしは、結婚はともかく、できれば三十になるまでに子供は産みたいですよ。卵が古くならないうちに」

玉木奈美は、箸でつまんだ卵焼きを見つめた。

「そうねえ」

それには反論できなかった。確かに、子供を産む年齢には限りがある。悠子が先日読んだ女性誌に、不妊治療は四十二歳の女性までしか受け付けない、という婦人科クリニックが登場していた。その年齢を過ぎると、妊娠率がぐんと下がるのだそうだ。

「でも、その前に相手を見つけないと」

「いい人、いないの？」

「少なくとも、この職場にはいませんよ」

「男性率、低いものね」

「ほんと、ほんと」と玉木奈美は笑ってから、「これからは、結婚相手を選ぶのに慎重になりますよね」と、わずかに顔をしかめた。「愛情や年収だけでは選べないでしょう？　名前も重要な要素ですよね」

ああ、と悠子はうなずいた。けさの朝刊に、都内や千葉県で起きた女性連続殺人事件に対して警戒を強めるように、と警察庁からの発表がようやく載った。昨日、名古屋でも今年の二月に結婚した女性が殺害されたが、被害者の氏名は「芳村曜子」で、英語表記とひらがな表記の頭文字が同じだという。「現時点では、被害者の共通点が、結婚して日が浅いことと、二十代から三十代前半という年齢層、その氏名にあるとしか考えられない」とあったが、悠子の知る限りでは、安藤亜衣里の遺体からは左手首が、木村京美の遺体からは左足が失われていたこと、市川郁子の遺体の左部分にも何らかの痕跡があったことが共通点として挙げられる。それらは、犯人からの「メッセージ」という意味で非常に重要な共通点だと言えるが、木村京美以外はまだマスコミに公表されてはいない。

「殺されたくないですからね。つき合う相手の苗字も考えないと。わたしは玉木奈美だから、中村さんとか永野さんとか内藤さんとか、英語のイニシャルが『N』で、ひらがなの『な』から始まる苗字の男の人とは結婚できないわけですよね。でも、イニシャルが『N』でも、『な』でない苗字ならセーフなわけで。たとえば、西川さんや西村さん、根本さんや野原さんと結婚しても狙われる可能性はないですよね。だけど、中川さんはだめだし、中野さんもだめで、成田さんもだめ」

箸を持たない左指を折りながら、玉木奈美は該当する苗字を数え上げて、ふっと悠子を見た。「堂本さんの場合は……」

「ひらがなの『ゆ』で始まる苗字って、少ないのよ」

玉木奈美の頭の中は容易にのぞける。

「そうですよね。ゆ、ゆ、ゆ……弓川さんとか、油井さんとか？」

「湯川さんとかね」

未婚女性の考えることは誰でも一緒なのだ。犯人の狙いは何なのだ。何のために残忍な犯行を重ねているのか。異常な快楽殺人鬼か。いや、連続殺人とくってしまっていいのだろうか。のどかなランチタイムにふさわしくない話題だ。悠子の胸に、世間を震撼させている殺人事件の真犯人に対する怒りがこみあげてくる。最初の犠牲者は、大学時代の友人の安藤亜衣里なのだ。が、玉木奈美にはその事実は知らせていない。知っているのは、上司の峯村道子だけだ。

「ネットではいろんな書き込みがありますよね。わたしは、Wイニシャル・ゾロ目殺人事件、っていう呼び方がいちばん合っている気がします」

玉木奈美は真剣な顔になって続ける。

「夫婦別姓法案が通れば、すべて解決するのにね」

そのすべてを追い払うように悠子がかぶりを振ると、

「それが実現したらどうなるか……。でも、好きな人と同じ苗字になりたいっていう女心は永遠かもしれませんね」

と、玉木奈美は古風な考えを口にした。「だって、あの峯村課長だって、別れてもまだあっちの姓を名乗っているんですよ」

「そうなの？」

旧姓に戻していなかったのか。

「ええ、入社前からいる人に聞きました。峯村課長、学生結婚して、数年で離婚したそうです。夫の姓でずっと仕事をしていたから、変えないほうが便利なんでしょうね」

「旧姓に戻すのが面倒だからじゃないの？」

結婚して改姓したときの手続きの煩雑さと同じくらい、いや、それ以上だとどこかに書いてあったのを悠子は憶(おぼ)えている。

「そうでしょうか。まだ未練があったりして」

玉木奈美は、くすっと笑った。「婚活しているってうわさですし」

「婚活？」

「パンフレット、持っていたのを見ちゃったんですよ。熟年男女専用の結婚相談所」

「熟年男女専用なんてのがあるの？」

「あるんですよ。普通でも入会金は二十万くらいするけど、そこは、きっと、もっとお高いんでしょうね」

玉木奈美が声を落としたとき、まさにその峯村道子が入って来た。

「あら、今日は、おうちランチ？」

「えっ、はい」と、うわさの相手の登場に玉木奈美は顔をこわばらせる。

「コーヒー、飲む？」

と、峯村道子は二人に聞いた。

「いただきます」と、悠子。

「わたしはいいです。スイーツ、あっちにありますから。あっちでお茶します」

食べ終えていないのに、玉木奈美はそそくさと弁当箱に蓋(ふた)をすると、一式抱えて部屋を出て行った。

「あの子、わたしのことが苦手みたいね」

給湯室からホットコーヒーの入ったカップを二つ持って戻ると、峯村道子は肩をすくめ、「どうぞ」と、悠子に一つを渡した。

「ありがとうございます」

コーヒーの香りが立ち上る。「天敵」の山下直子が不在だと思うと、いっそう香ばしさが引き立つ。

「わたし、あの子にしゃべり方を注意したことがあるのよ。それから、避けられているみたい。いい年して、自分の両親を『パパ』『ママ』って、耳障りで仕方がないわ」

だめね、というふうに首を振って、峯村道子はコーヒーを飲み、悠子に視線を移した。「今日、時間あるかしら」

「今日ですか？」

約束はない。つき合っている男性はいないし、女友達も極端に少ない。兄の問題を話し合うために実家に顔を出さないと、と気にはかけているが、平日に時間はとれない。仕事の話かもしれない、と悠子はちょっと身構えた。ステップアップするチャンスかもしれないからだ。

「一緒に食事しない？　二人じゃないんだけどね」

「どなたかと一緒ですか？」

得意先との会食だとすると、やっぱり、ステップアップのチャンスか、と悠子は胸を高鳴らせた。

「男性なんだけどね、堂本さんにも会ってほしいの」

「わたしに？」

男性を紹介するという意味だろうか。

「ああ、そう構えないで。気楽に考えて」

悠子の緊張を感じ取ったのか、峯村道子はてのひらを左右に振った。「七時に神楽坂で。お店はここなの。わかる？」

デスクに置かれた紙には、店名が『ビストロ・キャトル』とあった。ホームページを印刷したものらしい。キャトルは、フランス語で数字の四を意味する。

「フレンチの家庭料理よ。ワインがおいしいの。それじゃ、現地で」

峯村道子は、コーヒーカップを持って出て行きかけたが、「ああ、例の事件、大変なことになっているわね」と、立ち止まった。「名古屋の事件も関係しているとしたら、四人目？　怖いわね」

「そうですね。警察がようやく関連性について発表しましたけど、広域にわたるとなると、捜査がむずかしくなると思います」

正義感の強そうな井垣俊の顔を思い浮かべながら、悠子は言った。現時点で、東京、千葉県、愛知県、と一都二県にまたがっている。

「気がついた？　わたしもWイニシャルだって」

峯村道子は、動じるでもなくさらりと言った。

「あ、ええ。峯村道子。『MM』で『みみ』ですよね」

いま気がついたふりをするのも見え透いているので、悠子はそう応じた。

「そうなのよ。英語表記がWイニシャルで、ひらがな表記がゾロ目。こういうの、ネットや雑誌で呼ばれている『Wイニシャル・ゾロ目殺人事件』にぴったりあてはまる被害者像よね。年齢はともかく」

「でも、犯人のターゲットは、いまのところ、結婚してWイニシャルでゾロ目になった女性だけだとか」

　玉木奈美からバツイチだと聞きました、とは言えず、知らないふりをしておく。

「だから、わたしがぴったりなのよ。わたし、学生結婚したの。二年で別れたけどね。面倒だからそのままの苗字にしていたんだけど、その後、元夫が事故死したと知って、心の整理に時間がかかってね。別に、操を立てているわけじゃないのよ。彼と結婚した事実を、自分の歴史として残しておこうと思ったのかも」

「ずいぶん若いときに結婚されたのですね」

　峯村道子が仕事以外ではじめてのぞかせたプライベートな顔だった。

「そう、若かったのね。若かったから、まだ自分というものが定まっていなかった。嫌いで別れたんじゃなかったのよ。だから……」

　そこまで言って、峯村道子はわれに返ったような表情になり、「ううん、いいの。ごめんね。こんな重い話をして。とにかく、七時に」と、手を振って部屋を出て行った。

　――峯村課長、再婚の予定があるんですか？

　さすがにそうは聞けなかった。玉木奈美の話では、峯村道子は熟年男女専用の結婚相談所のパンフレットを持っていたという。なぜ、みんな、そんなに結婚に急ぐのだろう、と他人事（ひとごと）のように思ったとき、悠子の携帯電話が鳴った。

「井垣です」

さっき顔を思い浮かべた刑事の井垣俊からだった。連絡用として携帯電話の番号を教えてある。会社の電話にかけてこられるよりはいい。相手は警察なのだ。

「何かわかりましたか？」

瞬時に、彼の目的を察した。

「相川公也、という名前から何か思い出すことはありませんか？　相談の相、三本の川、公共の公、なりの也で、相川公也です」

「亜衣里さんがデートした相手ですね？」

小島めぐみのルートから仕入れた情報だろう。

「そうです」

「いま思い浮かぶことは何もありませんが、時間がたって何か思い出したらお知らせします」

「その相川公也ですが、去年、亡くなっています。家族の話では自殺でした。それだけお教えしておこうと思いまして。では」

と、井垣は電話を切った。新たに発生した名古屋での事件といままでの事件との関連を尋ねる暇もなかった。

手元のスケッチブックを開いて、悠子はデッサン用の鉛筆を用いて氏名を書いた。

相川公也。

「相川亜衣里、か」

亜衣里が彼と結婚していた場合の氏名を、悠子は声に出してから、スケッチブックに書いてみた。英語表記のイニシャルは「AA」で、ひらがな表記のイニシャルは「ああ」。

しかし、相川公也は、去年自殺したという。自殺という亡くなり方が悠子の心に引っかかった。自殺に追い込まれるような何かがあったということだ。

ふと思いついて、悠子は「相川公也」を英語表記にしてみた。ちょうど、ランチョンマットのワンポイントとして、アルファベットを組み合わせたデザインを考案中だ。

AIKAWA KIMIYA

2

合同捜査本部が置かれた碑文谷中央署の会議室の空気は、暗く淀(よど)んでいた。

「千葉県警からの報告ですが、木村京美が成婚までに紹介された男性二人を調べたところ、行方不明から遺体発見まで日数があるため、二人とも確実なアリバイはなかったものの、被害者を殺害するような動機は見当たりません。一人はその後、結婚していますし、もう一人は独身ですが、家族の話では、木村京美に執着していた様子はまったくなかったそうです。いまは、別の女性と交際しています」

「木村京美の遺体が発見されたのは千葉県野田市ですが、彼女の自宅は豊島区にあり、勤務先の幼稚園も同じ区内にあります。その周辺の聞き込みを進めていますが、いまのところ、気になるような情報は得られていません。行方不明になった日、勤務が終わってからの行動はまだ把握できていません」

「結婚相談所『ジュネス』を半年前に辞めた鈴木正孝ですが、彼が持ち出したリストは、いわゆる成婚者リストと呼ばれるもので、会員同士でめでたく結婚が決まった人たちの名前や住所が載っています。こういう会社は、結婚式場や通販会社、不動産会社などとも連携しており、カップルになったあともいろいろと金を使わせるようなシステムになっているんですね。結婚産業の一大ビジネスです。鈴木本人は、『名簿は本当に捨てた』と言っており、自宅を捜しても見つかりませんでした。捨てたという場所の周辺も捜してみましたが、見つかりませんでした。正確な場所は、本人も憶（おぼ）えていないと言っています」

「会社にある成婚者リストの中で、結婚してWイニシャル、かつゾロ目になった女性をピックアップしました。木村京美と市川郁子の名前は含まれていました。ほかには、江崎（えざき）えりな、氷室日菜子（ひむろひなこ）がいます」

「市川郁子の顔面や自転車に吹きつけられていたペンキは、大型文具店やホームセンターなどで売られているスプレー式のものでした。色はマゼンタ。赤です。容疑者が被害者の自宅付近の店や、ほか二人の被害者の自宅周辺の店などで買った可能性も考えて、調べているところです。市川郁子は、自転車をペンキで汚されたと警察に被害届を出そうとしていたようです。会社で仕事中の夫にメールを送っていました。『自転車に赤いペンキを塗られた。警察に行ったほうがいい？』と。接客中だった夫は、あとでそのメールを見ています。被害者は、一度アパートに戻り、証拠物件である自転車を置いてから警察を呼ぼうとしたのかもしれません。その直前に、あとをつけていた犯人に殺害されたのか……」

「アパートの駐輪場に防犯カメラはありません。周辺のコンビニなどからの防犯カメラの映像を分析しましたが、自転車を押し歩く被害者の姿はちらっと映っていたんですが、あとを尾行するような不審人物は映っていません。犯人は、駐輪場で彼女の帰りを待ち伏せしていた可能性もあります。聞き込みを進めていますが、やはり、ここでも不審人物の目撃情報は、いまのところありません」

　複数の事件を捜査する各班からの報告が続いた。

「安藤亜衣里の事件に関して、交友関係の面から調べてみました」

　俊の番がきた。「相川公也は去年、亡くなっていました。自殺です。確認したところ、死亡届も出ています。現在、世田谷区下馬の実家には彼の母親と姉が住んでいると思われますが、現時点では確認できていません。訪ねても応答はなく、近所の人の話では、母親は自宅で療養中だということです。今年に入って脳梗塞（こうそく）で倒れて入院、退院してからは寝たきり状態で、娘が介護に当たっているそうです。娘が買い物などで留守にすることもあるらしく、通いの家政婦を雇っているようですが、近所づき合いがないので、近所の人もよくわからないと言っています。『お母さんは、息子さんを失って、心労から倒れたんじゃないかしら』と言った主婦もいました。相川家は、外からはその様子がわからないほどの広い屋敷で、敷地内はうっそうと樹木が生い茂っています。近所の話では、かなりの資産家だとか。相川公也の父親が三年前に亡くなり、相続のために都内の土地を少し手放したようですが、それでも、いくつか不動産を持っています。相川公也は自殺しています」

「相川公也は自殺したのか」

須山管理官がつぶやくように言った。

「相川公也の自宅は世田谷区下馬。安藤亜衣里の遺体が発見されたのは、目黒区柿の木坂ですが、相川公也の自宅からは近いです。納得できるものかどうかは別として、学生時代にさかのぼっての動機もあれば、場所的にも彼の犯行説が濃厚だと思ったのですが」

「しかし、本人が死んでいたのではな」

報告する俊の無念さを感じ取ったのか、須山管理官が苦い顔で受けた。「友人の中山周平はどうなんだ？　卒業後も相川公也と交流があったようだが」

「市川郁子が殺害された日は、所属している劇団の仲間と会っていました。犯行があったと推定される時間も仲間の家にいました。木村京美が行方不明になった日の午前中もほかの劇団員と一緒で、夜は店にいたことがわかっています。店には劇団仲間も飲みに来ています。安藤亜衣里の事件に関しても、検死で出された死亡推定時刻前後のアリバイは確認されています」

「うーむ、二件でアリバイ確定、中山周平はシロか」

腕組みをした須山管理官がうなった。手詰まりか、と言いたげな表情だ。

「遺体発見前の安藤亜衣里と、行方不明後の木村京美の行動、それらを中心に捜査を続行するように」

　碑文谷中央署の刑事課長がそう指示を出した。

　捜査員たちが席を立つと、刑事課長が俊を手招きした。

　須山管理官も刑事課長の隣に立ったままでいる。

　捜査員が全員はけるのを待って、「実は」と、刑事課長が声を落とした。「名古屋の例の事件、被害者の左手薬指に、結婚指輪のほかにもう一つ指輪がはまっていたんです」

　指輪、と聞いただけで、俊はぴんときた。自分を呼ぶ理由はそれしかない。

「ビーズの指輪ですか？」

　確認する声がうわずった。

「そうです。提出してもらった写真のものと一致します。つまり、堂本悠子が安藤亜衣里に贈った指輪に」

「で、君に確認に行ってほしい」

　と、須山管理官が俊に言った。「写真を送って確かめた限りでは、色や形は同一に見えるが、それだけでは同一とは断定できない。指紋は検出されていないという。まずは君に行ってもらって、指輪を持って来てほしい。ついでに、殺人現場もその目で見てもらいたい。安藤亜衣里と市川郁子、被害者二人の遺体発見現場を見ている君にね。容疑者が同一人物だとすると、何らかの共通する痕跡や匂いを残しているかもしれない。何か感じるものがあれば、それを最大限、嗅ぎ取って来てもらいたい。確認できるまでは、内密に捜査するように」

「わかりました」

肩にかかる重責を感じながら、俊は力強く請け負った。なぜ、安藤亜衣里がはめていた指輪が新たな被害者の左手薬指にはまっていたのだ。酷似した指輪にすぎないのか。推理を巡らせてみたが、混乱が大きくなるばかりで謎を解き明かせない。とりあえずは指輪を持ち帰って同一かどうか確認するのが先決だ。確認できる人物は、堂本悠子しかいない。

3

『ビストロ・キャトル』は、新旧の店が建ち並ぶ神楽坂の緩やかな坂を上り、コンビニの横の路地を入ってふたたび坂を上ってすぐのところにある、ガラス張りのこぢんまりとしたレストランだった。店の前の看板にフランス国旗がたなびいている。

国旗と同じ色合いのエプロンをした女性に「いらっしゃいませ」と、華やかな声で迎えられた。窓側のテーブルに男性が一人座っている。その男性が緊張の面持ちで悠子を見ている。店内には、ほかにはカップルの客がひと組いるだけだ。

「お待ち合わせですか？」

五十歳くらいの女性店員に聞かれ、峯村の名を言うと、「ああ、あちらです」と、男性客のほうへてのひらを向けた。

峯村道子はまだ来ていないようだ。客人と二人きりか。気まずさを抱えながら、男性の前に行き、「はじめまして。堂本です」と悠子は名乗った。名刺を出していいものかどうかわからない。

「はじめまして。仁科といいます」

と、男性も中腰になって名乗ったが、名刺は差し出してこない。

仕事上の誘いではなかったのか、と悠子は怪訝に思った。

「峯村さんは少し遅れるそうです。さっき連絡をもらいました。先に食前酒でも飲んでいてください、とのことです。何がいいですか？」

「では、シェリー酒を」

仁科は女性店員を呼び、「シェリー酒を二つお願いします」と言った。

「かしこまりました」

女性店員は笑顔を絶やさずに、カウンターへ行き、注文を告げた。カウンターの向こうには絵本に出てくるようなひげを生やした恰幅のいい初老の外国人シェフがいて、女性店員とフランス語で会話を始めた。

「ここは、フランス人が経営している店なんです。奥さんは日本人。夫婦で切り盛りしている雰囲気のいい店ですよ」

と、仁科が微笑んだ。行きつけのレストランらしい。峯村課長とはどういう関係なのだろう。なぜ、彼女はわたしを呼んだのだろう。警戒で心が和らげないままに、悠子は仁科を観察していた。美男子とはいえないが、清潔感のある誠実そうな男だ。紺色のスーツにグレーとブルーの水玉模様のネクタイ。少し話しただけで、いい声の持ち主だ、と悠子は感じた。低音がよく響き、発音が明瞭である。新商品のプレゼンテーションのときなどに説得力を発揮する声だ。年齢は、四十代半ばといったところか。

「彼女の作戦だったりしてね」

シェリー酒が専用のグラスで運ばれてくると、仁科はグラスを持ち上げ、「さあ、先に飲みましょう」と言って、そう続けた。

「どういう意味でしょう」

グラスに口をつける前に悠子は聞いた。もしかして、そういうことでは、と峯村道子の目的を推測すると、顔がこわばってしまう。

「どういう意味だと思います？」

と、仁科は悠子を困らせるような質問をした。

「あの……わたし、いまは、まだ仕事に没頭していたいんです。ほかのことは何も考えられなくて……」

ためらいながらそう言いかけたとき、「ごめんなさい。お待たせしました」と、峯村道子が入って来た。どこで着替えたのか、丈の長いチャイナドレスを着て、白いショールをはおっている。チャイナドレスのスリットは控えめだが、彼女の形のいい脚がちらちらとのぞいてセクシーだ。

「それ、シェリーね。わたしも一杯いただこうかな。そのあとは、ボトルでワインをいただかない？　白ワインがいいわね」

悠子の隣に座ると同時に、峯村道子は日本人ママを呼んで、シャルドネを使ったワインの銘柄を注文した。頻繁に利用している店のようだ。「今日のお勧めを適当に」と、料理の注文の仕方も慣れている。

「遅れたのは作戦だったんでしょう？」

と、仁科が峯村道子に笑いながら聞いた。

「まあね」

と、峯村道子は楽しげに受け、「で、どうだった？」と、悠子へ顔を振り向けた。

「どうって、何が、ですか？」

わけがわからず、悠子は当惑した。峯村課長は、わたしをこの男に引き合わせようとしたのではないのか。

「彼の第一印象、どうだった？」

「どうって……」

「やっぱり、ぼくは試されたんだな。まいったな」

と、仁科は肩をすくめた。「峯村さんに言われていたんですよ。会社に人を見る目のある子がいるんだけど、あなたに会わせていいか、ってね。堂本さんだったんですね」

「どういうことですか？」と、悠子は身体ごと峯村道子へ向ける。

「怒っちゃったかしら。ごめんなさいね」

謝罪しながらも笑顔で、「わたしたち、つき合っているのよ」と、峯村道子は明るく言った。

「そう……なんですか？」

では、「お見合い」をお膳立て（ぜんだ）されたわけではなかったのか。悠子は、ホッとして肩の力が抜けた。当時に、腹立たしさもすっと消えた。

「勘違いしちゃった？」

峯村道子は、困惑顔の悠子を愉快そうに見て続けた。「あなたに紹介するなら、もっと若い男性を選ぶわよ」

「ひどいな。ぼくだって充分、彼女とつり合う年齢のつもりだけど」

仁科がおどけた口調で言うと、

「堂本さんは、いまは仕事が命なの。よそに目が向かないのよ。ねえ、そうよね」

と、峯村道子は悠子の同意を求めた。

「さっき、堂本さん自身の口から聞きましたよ。いまはまだ仕事に没頭していたい、ってね」

「すみません」

勘違いした自分が恥ずかしい。顔から火が出そうだ。

「じゃあ、改めて。乾杯」

その場を救うように、峯村道子がシェリー酒のグラスを手に取った。

「あの、お二人はご結婚なさるんですか？」

乾杯を終えて、悠子は聞いた。峯村道子が婚活をしていた情報は、玉木奈美から仕入れたばかりだ。熟年男女専用の結婚相談所に登録していたという。

「ずいぶんストレートに聞くのね」

と、峯村道子は目を見開いたものの、口調は嬉しそうだ。

「お似合いのカップルだと思います」

「そうでしょう？　バツイチ同士だしね」と受けて、悠子から婚約者に移した峯村道子の視線がわずかに揺れた。

「どう思います？」

悠子に向いた仁科は真顔で、目の奥には真剣そうな光が宿っている。

「何を、ですか？」

「ぼくたちは、すぐにでも正式に結婚したほうがいいと思いませんか？」

どう答えようか迷っていると、

「この人、わたしが改姓したほうがいいって言うのよ」

と、峯村道子が言い、「おかしいでしょう？」と笑った。「いまさら、仁科道子になんかなれないわ。仕事だってずっと『峯村道子』でしてきたんだから、そのままでもいいじゃない。籍を入れなくても、別姓婚で。堂本さんはどう思う？」

「仁科さんは、峯村課長に仁科姓を名乗ってほしいんですか？」

もしかして、と胸のざわつきを感じながら、悠子は聞いた。

「それはそうですよ。すぐにでも。だって、いまは……」

レストランの雰囲気にそぐわない話題だと思ったのか、仁科は口をつぐんだ。

「さあさ、どうぞ」

オードブルとワインが運ばれてきた。「自家製のサラミとテリーヌです」と、日本人ママが前菜の白い皿とフランスパンが入った籠（かご）をテーブルに置いた。サラミとテリーヌの盛り合わせの中心にピクルスが添えられている。

「ここはね、フランスのオーヴェルニュ地方の郷土料理の専門店なの。シェフがあちらの人でね」

暗い話題になりかけた流れを引き戻すように、峯村道子が明るく説明した。「ここのお勧め、ポテもくるからね。堂本さん、好き嫌いはなかったわよね」

「ポテというのは、いろんな野菜と塩漬け豚を煮込んだお料理ですよ」

と、夫よりひと回りは年下と思われる日本人ママが補足した。

「さっきの話ですけど」

三人になるのを待って、仁科が切り出した。「せっかく、こういう時期に、結婚相談所を通して知り合ったんです。これも何かの縁ですよね。ぼくとしては、一日も早く入籍して、彼女を仁科道子にしたいと思っているんです。峯村道子のままだと、その……」

「Wイニシャル・ゾロ目殺人事件で、犯人のターゲットにされる？」

そのあとの言葉を引き取って、峯村道子は笑った。

「怖くないんですか？」と、悠子は彼女の真意を探った。

「そりゃ、怖いわよ」

首をすくめてから、「もっと若ければね」と、峯村道子はまた笑った。「わたしが結婚したのは、もう二十五年も昔の話よ。確かに、結婚して夫の姓にはなったけど、そのあと、離婚したわ。旧姓に戻さずに、峯村道子のまま。いままでの被害者とわたしとは条件が違うんじゃないかしら。年齢だって、彼女たちよりかなり上だし」

「そんなこと、わからないじゃないか」

と、仁科が口調をきつくした。「犯人がどんな目的で、どんな女性を狙っているのか、異常者の心の中などわからない。名前が問題なだけで、年齢は関係ないのかもしれないよ」

「わたしは大丈夫よ」

もうやめてよ、というふうに峯村道子は息を吐いた。

「とにかく、形だけでも籍を入れてほしいんですよ。Wイニシャルとゾロ目から離れられれば、少なくともぼくは安心できます」

と、仁科は、婚約者に向かってではなく悠子に向かって言った。あなたから説得してほしい、と言いたいようだ。

「峯村課長、仁科さんのおっしゃるとおりかもしれません。犯人がどういう人間か、現段階ではまったくつかめないんです。年齢など関係なく、名前の条件が自分の美意識や価値観に合う女性を狙っているのかもしれません。一度でも結婚した女性を狙っていたらどうするんですか？　仕事では通称を使ってもいいじゃないですか。戸籍名は仁科道子を名乗ってはどうですか？」

仁科の肩を持ちながら、悠子の頭にはいくつかのイニシャルが浮かんでいる。相川公也をローマ字にしたもの。すなわち、英語表記の氏名だ。

ＡＩＫＡＷＡ　ＫＩＭＩＹＡ。悠子は、まったくのゲーム感覚で、紙に書いたその文字を鉛筆で消していった。まずは「姓」から。安藤亜衣里のＡ。市川郁子のＩ。木村京美のＫ。偶然なのか、冒頭から被害者の姓の頭文字が連なっている。そして、「名」。やはり、木村京美のＫ、市川郁子のＩ、安藤亜衣里のＡ、三つのアルファベットが含まれている。しかも、名古屋で殺された芳村曜子のイニシャルのＹまで、「名」のほうには含まれているのである。

これは、偶然か。

そのうえ、「名」には、峯村道子のイニシャルのMも含まれている。犯人が、相川公也の氏名をもとに被害者を選んでいるとしたら、Mのイニシャルを持つ峯村道子はターゲットにされる可能性がある。

「堂本さんにまで勧められるとは思わなかったわ。進歩的な人だと思ったから」

と、峯村道子は、呆れたような声を出した。「あなたは、夫婦別姓賛成派だと思っていたんだけどな」

「それとこれとは別です」

強くかぶりを振った悠子だったが、頭に浮かんでいるような理由は口にできない。根拠のない子供のような思いつき、と突っぱねられてしまうおそれがある。

「わかったわ」

外国人のように両てのひらを上に向け、峯村道子は降参の意を表した。

悠子は、ホッとして仁科と顔を見合わせた。仁科も「やれやれ」という顔をしている。

「そのうち籍を入れるから。とにかく食べましょう」

峯村道子はそう言って、フランスパンにテリーヌを載せた。

第六章　指輪

1

名古屋から戻り、捜査本部に顔を出して用事を済ませた俊は、一度、中野の自宅マンションに戻った。本当はそのまま捜査を続行したかったが、甥（おい）の慶太の保護者としての責任もある。姉の美江は、今日は夜勤で家を留守にしている。離婚した姉を息子の慶太とともに自宅に引き取る決意をしたとき、姉とのあいだで「夜は、必ずどちらかが家にいるように調整し合おう」と、話し合ったのだった。

すでに日付が変わっている。静かに家に入って玄関脇の慶太の部屋をのぞくと、明かりが消えている。よしよし、ちゃんと寝ている、と満足して、俊はシャワーを浴びに行った。

ジャージに着替えて食堂に入ると、ダイニングテーブルの上に手紙が載っている。俊宛ての美江からの封書だった。

「何だろう」

怪訝（けげん）に思って、手に取る。封を切って読もうとしたとき、廊下で音がした。慶太がトイレに起きたようだ。

「起こしちゃったか？」

しばらくして顔を出した慶太に、手紙を脇に挟み隠した俊は言った。その姿勢で冷蔵庫からノンアルコールのビールを取り出す。

「朝は起こしてやるからな。寝なさい」

「おしっこに起きただけだよ」

「うん」

と、慶太は返事をしたものの、戸口に立ったままでいる。寝ぼけまなこかと思ったら、澄んだ大きな瞳（ひとみ）を刑事の叔父（おじ）に向けている。

「野球部は楽しいか？」

この機会をとらえて慶太の本音を聞いてみよう、と俊は考えた。中学生になって野球部に入った慶太である。

「うん」

「塾のほうは？」

学習塾にも週に二度、通わせている。塾通いを始めたのは小学五年生のときだったが、「学童保育所がわりに、塾に通わせたほうがこちらも安心じゃないかしら」という母親である美江の提案だった。その延長で、放課後の時間潰しのような感覚で野球部の活動もさせているようだが、俊としては「どうせやるなら楽しいほうがいい」と思っている。

「球拾いばかりだけど、楽しい」

と、慶太は率直な感想を口にした。

「で、あれだけど」と、俊はどう言葉を選んだらいいのかわからないままに切り出した。「慶太は新しいパパがほしいのか？」

「ああ、あれね」

と、慶太はそっけなく受けた。その表情が大人びて見えて、俊はドキッとした。

「お母さんのつき合っている人だろ？」

「ああ、そう。その人」

いつから「お母さん」なんて呼ぶようになったのだ、と俊はまた驚いた。つい昨日まで「ママ」と呼んでいたのではなかったか。

「お母さんがよければ、ぼくはどうでもいいよ」

「お母さんがよければぼって、慶太はどうなんだ。一緒に住むことになるんだぞ」

「ずっと一緒じゃなければいいよ。いまだって、夜は一人のことがあるし」

「一緒、というのはそういう意味じゃない。一緒に生活するって意味だ。それは……」

どう説明しようかと逡巡していたら、

「もう寝るよ。朝練、あるから」

と、慶太はぼそっと言って、部屋に戻って行った。

離婚した姉とその息子を引き取ったとき、慶太はまだ小学三年生だった。俊が仕事から帰宅すると玄関に駆け出て来て、「お帰り」と、子犬のように飛びついたものだった。そして、「俊は警察官だよね」と、嬉しそうに目を輝かせた。母親の呼び方に合わせて、「俊」と呼び捨てにしていたのだ。

しかし、その慶太ももう中学生。思春期を迎えて、むずかしい年ごろになったのは自覚している。母親の再婚についても複雑な感情を抱いているに違いない。もしかしたら、母親の再婚に反対しないのは、叔父の立場を思いやってのことかもしれない、と俊は思う。あるいは、「立派な警察官になるために、俊も家庭を築かなくちゃいけないの」などと、母親に何か吹き込まれているか。

俊はノンアルコールのビールを飲み干すと、椅子に座って姉の手紙を読んだ。

先日はごめんなさい。俊には余計なことまで言ってしまいましたね。でも、半分は本音です。俊も早くいい人を見つけてください。姉のわたしが言うのもなんですが、俊はイケメンだし、男らしいし、もてるはずですよ。やきもきさせられている女の子はいるはず。もっと女心をわかってあげて。

それから、本題に入ります。光岡さんとの結婚は、当分なしにします。理由はもうわかっているでしょう。仕事柄ね。わたしから言ったのではなく、光岡さんから言われました。「光岡美江」では幸せになれそうもない、ですって。

わたし自身は気にもしていなかったのです。俊には、刑事として、「絶対に捕まえてみせるぞ」という意気込みを持って、犯人に立ち向かってほしい。屈するものかという気概を示すためにも、「Wイニシャルが何だ、ゾロ目が何だ」と言ってほしかった。でも、いまは、自分のためではなく、慶太のためにこの結婚を延期にしようと思っています。

だから、安心してください。またしばらくは俊の厄介になります。慶太ともどもよろしくお願いします。

「何だよ」

俊は、安堵のあまりひとりごとを言った。「わかってくれればそれでいいんだよ」光岡という男も良識人だったのだ。マスコミが採用した「Wイニシャル・ゾロ目殺人事件」という名前が定着した感のある連続猟奇殺人事件である。危険察知能力のある大人であれば、好き好んでこの時期に結婚する者はいないだろう。

しかし、こんな異常事態を野放しにしておいていいはずはない。一刻も早く何とかしなければ。捜査にかかわる刑事としての俊のあせりは増す。

家の中で音が鳴った。ハッと俊は身構える。一瞬、その音の発生源がわからなかったのだ。ファクシミリと一体化した固定電話がテレビの横に置いてあるが、その電話が鳴っている。仕事関係の用件も姉の用件もほとんどが携帯電話にかかってくる時代である。ましてや、夜中だ。何だろう、と訝しく思いながら受話器を上げる。

「帰ってた？」

若い女性の声は、バレンタインデーの合コンで知り合った橋爪伊代だった。

「あ、ああ。うん」

こんな夜中に何だよ、と少し腹立たしさを覚えながらも、わずかな後ろめたさが語気を弱くさせる。

「電話くれるって言って、全然くれないんだもの」

だから、おうちにかけちゃった、と橋爪伊代は、いたずらっ子のように言って語尾を上げた。

携帯電話は仕事用とプライベート用と使い分けているが、仕事中はかけないように言ってある。番号を知らせている人間も限られている。緊急連絡があるとすれば家族からだから、美江に「緊急時のときはここにかけて」と言っておけばいい。

「あ……ごめん。忙しくてね」

われながら間抜けな言い訳だな、と俊は思う。合コンのあと、先に連絡をくれたのは橋爪伊代のほうだった。たまたま時間があいたので、俊は彼女を食事に誘った。が、食事の途中で臨場要請の電話が入った。これで彼女に見切りをつけられるだろう、と半ば肩の荷を下ろしたが、後日、橋爪伊代から電話があった。「わたし、刑事というお仕事の大変さはよくわかってる。その上でのおつき合いだから、それだけの覚悟はしているつもりよ」と。それなら、連絡がないのは忙しい証拠、と見なしてくれるだろう。俊は、彼女の心の広さに甘えてひたすら放っておいたのだった。

「うちには、姉貴も甥も一緒にいるんだよ」

こんな真夜中にかけてきて、看護師の姉や中学生の甥が電話に出たらどうするんだ

よ、と暗に責めたつもりだったが、

「いなかったじゃない。井垣さんが出たじゃない」

と、橋爪伊代は事実のみを突き返してきて、「じゃあ、ケータイにも家にも電話をするな、って言うの？　だったら、どうやって連絡をとればいいの？　パソコンにメールしても音沙汰(おとさた)なしなのに」と、逆にすねた口調で抗議してきた。

「それは……」

言葉に詰まる。メールに返信しないのは、それが用件でないからである。何か問われていれば返すが、彼女からのメールは「どうしていますか？　忙しい？　時間ができたら連絡くださいね」というような内容だ。どうしているも何も、事件の捜査しか俊の頭にはない。

「いまが大変なのはわかってる。例の『Wイニシャル・ゾロ目殺人事件』でしょう？　あれが解決しない限り、井垣さんは身動きとれないのよね」

「ああ、うん、まあ、そういうことだね」

わかってくれていれば話が早い。しばらく会えない。それだけだ。しかし、自分はこの女性と交際していると言えるのだろうか。俊は、いまさらながらに二人の関係についてまじめに考えてみた。刑事部のよその課の合コン仲間は、「連絡があって一度でも食事をすれば、それはつき合っているってことだよ」と言ったが、異性との長い期間の交際経験のない俊にはわからない。可愛い子だな、とは思ったが、強く惹かれる気持ちはなかった。それだけははっきり言える。

「それで、わたし、わかったの」

と、脈絡もなく、橋爪伊代は弾んだ声を上げた。「わたしを気遣ってくれたのね」

何のことか理解できず、俊は言葉に詰まる。

「わたしの名前が気になったんでしょう？」

——名前？

そう言われて、改めて彼女の名前を頭に文字として書いてみる。橋爪伊代。伊代だ！

「君は……」

「ありがとう。でも、わたし、大丈夫。だって、井垣さんは刑事さん。刑事さんが横にいてくれたら安心だもの」

一人で合点してもらっては困る。俊は、どう言葉を継ごうか、逡巡していた。

「だけど、おつき合いを始めてすぐに結婚を意識するのも変でしょう？　もっとゆっくり、じっくりつき合いましょうよ。籍を入れなければ、安全なんでしょう？　じゃあ、次は、絶対に井垣さんのほうから連絡してよ」

一方的にそう言って、橋爪伊代は電話を切った。

——井垣伊代。II。いい。

俊は、頭の中に続きのアルファベットを書いて、深いため息をついた。橋爪伊代が俊と結婚すれば、井垣伊代になって、WイニシャルでゾロⅠ目の氏名となる。だから、結婚を意識した俊が自分との交際をためらっているのだと、橋爪伊代は思い込んでいる。

——こんなふうに勘違いするやつも現れるのか。

やれやれ、と俊はかぶりを振った。自分の場合は、相手が勘違いしてくれてラッキーだった。だが、いまこの瞬間、世の中に、その名前が原因で結婚をためらっている交際中の男女がどれほどいるだろうか。そう考えたら、進展のない捜査状況にふたたび苛立ち(いらだ)を募らせた。

2

「わたしが彼女に贈った指輪です」

左手の薬指にはめるなり、悠子は言った。見た瞬間から、自分が作ったもの、と確信してはいたが、はめてみてその思いを強くした。指にしっくりくる感覚。糸を均一に締めたつもりでも、完成したときにどこかに緩みが生じる。そのわずかな緩みを指が憶（おぼ）えている。しっかり結んで始末したはずの糸が緩んで、緑のビーズの横から結び目が飛び出ている。それだけぞんざいな扱いをされたのかもしれない。

「写真でも確認しましたが、ビーズの色や位置は同じですね」

と、その指輪を「確認してほしい」と持って来た刑事の井垣も言った。

早朝に悠子の携帯電話が鳴り、「指輪が発見されたんです。お手数ですが、出勤前に確認していただけませんか？」と、井垣に頼まれた。それで、出勤途中にときどき立ち寄るファストフードの店で待ち合わせたのだった。

カウンター席に並んで座り、井垣の前にはアメリカンコーヒーが、悠子の前にはカフェラテが置かれている。家を出る前に軽い朝食は済ませていた。

「指輪が発見されたということは、彼女の……」

手首は発見されたのか、と続けたかったが、サラリーマンやOLで満杯の店内でははばかられた。それで、悠子は指輪をはめた左手首を持ち上げた。

「いえ、それはまだ」と、井垣は首を振る。

――どういうことなのか。

こんな小さな指輪が一つだけ見つかる状況が悠子には思いつかない。

「あなたの口の堅さを信用して言いますが」

言葉を失っている悠子に、井垣はそう前置きして静かに言った。「それは、別の被害者の指にはまっていたんです」

「名古屋のですか？」

時間的にその事件しか考えられない。

「そうです」

「どうして、名古屋の被害者の指に？」

被害者の名前は、芳村曜子だったか、と氏名の漢字とイニシャルを思い浮かべながら、悠子は聞いた。

「まだわかりません。捜査しているところです」

指輪からは指紋などは検出されなかったのだろう。悠子は、無念そうな井垣の顔色からそう読み取った。

「この指輪は、新たな被害者の左手薬指にはまっていたのですね？」

「そうです」

「犯人が、何かしらのメッセージをこめているのでしょうか」

少なくとも、安藤亜衣里と芳村曜子の二件に関しては、同一人物の犯行だと見なしていいわけだ。

「かもしれません」

短く受けて、井垣は大きく息を吐いた。「いままでの事件でも、犯人なりのメッセージを残しているつもりなのでしょう」

「共通するのは、左、ですね？」

悠子が確認しながら指輪をはずすと、それを受け取った井垣はうなずいた。

「亡くなった相川公也さんの家には行かれましたか？」

相川公也を英語表記にしたときの文字が、悠子の脳味噌（のうみそ）に張りついて離れない。とくに、名前の「ＫＩＭＩＹＡ」の六文字が。

「何か思い出されたのですか？」

相川公也の名前が悠子の口から出たので、井垣はやや身を硬くしたようだ。

「いえ、思い出したことはないのですが……」

あんな子供みたいな思いつきが捜査上の手がかりになるのだろうか。言うのを躊躇（ちゅうちょ）していると、

「いまはお姉さんが病床のお母さんと二人で住んでいるそうですが、まだ会えてはい

ません。とても広いお屋敷で、塀の外からは中の様子がうかがえません」

と、井垣が最初の悠子の質問に答えて、「相川公也さんのことで、何か気になることがあるんですか？」と尋ねてきた。

「自殺の原因は何だったのでしょう」

精神的に追い詰められるようなできごとがあったのだろうか。

「家族によると、うつ状態だったとか。身体の不調も関係していたようですが、まだ家族から直接話を聞けていない状況なのではっきりとはわかりません」

相川公也の学生時代の友達、中山周平から得た情報ではないか、と悠子は察した。

「犯人は、無作為に、結婚してWイニシャルでゾロ目になった女性を狙っているのでしょうか」

続けて井垣に質問する。子供みたいな思いつきは、まだ口にする勇気はない。

「危険が及ぶと思われる女性は、こちらでいちおうマークはしています」

「それは、対象が絞られたという意味でしょうか」

Wイニシャルでゾロ目の氏名を持つ既婚女性。そうした女性たちの名簿のようなものを入手したのだろうか。

「ぼくたちも努力はしています。これ以上、被害者を出したくはないですからね」

答えるかわりに、井垣はそう言って唇を引き結んだ。

3

ブロック塀に囲まれた屋敷を前に、俊は深呼吸をした。手入れされた形跡のない樹木が何本も塀から突き出ている。中には、この暑い夏に咲き誇ったであろうノウゼンカズラや百日紅(さるすべり)、夾竹桃(きょうちくとう)の木々も混じっている。

庇(ひさし)と外灯がついた木製の門があり、横に人間が一人くぐれるくらいの木戸が設けられている。生い茂った庭木の向こうに、和洋折衷の建物が見えるが、その向こうはまた樹木で覆われていて、建物がいくつ連なっているのか、道路からでは把握できない。

相川家の近くで碑文谷中央署の戸部と合流し、朝という時間帯を狙って訪問した。

「これじゃ、中で人が死んでいてもわかりませんね」

広すぎる家の敷地を前に、戸部がため息をついた。

「東京でこれほど広い家があると、それはそれで……」

と、途中まで言って、俊は戸部と顔を見合わせた。言わなくても互いにわかっている。それはそれで、何かと苦労がついて回る。庭木の手入れ、落ち葉掃き、建物の管理、防犯対策、相続税……。

門柱に取りつけられたインターフォンを押す。カメラつきのものだ。

応答はない。

「また出直しですか」と、戸部がうんざりした表情で首を振る。

「夜まで待ちますか」と、俊も受ける。「相川公也の家族と会わないことには、何も始まらないですからね」

大学時代の安藤亜衣里との交際について、家族にしか話していないことがあるかもしれない。そこから何か捜査の糸口が見つかりはしないか。

広い屋敷である。応答までに時間がかかるのか。三度目のインターフォンを押し、様子をうかがった。

と、そのとき、「何かご用ですか？」と、後ろから声がかかった。

大きめのトートバッグを持った六十代くらいの丸顔の女性が立っている。

「あなたは？」

警察手帳を提示してから、俊は尋ねた。

「定期的にこちらに通っている家政婦です」

名前を問うと、「林（はやし）です」と女性は名乗った。

「ここには、お母さんと娘さんが住んでいらっしゃいますね」

確認する。名前は調べてある。相川静子（しずこ）が母親で、貴子（たかこ）が娘だ。

「そうですけど」と、家政婦の林は不安げな顔になる。

「亡くなった息子さんのことで少しお話をうかがいたいのですが、ご家族はいらっしゃいますか？」

「いると思いますよ。この時間に来るように言われたので」

林はそう答えると、ここでお待ちくださいね、と鍵（かぎ）を使って木戸を開けた。昔風の木戸だが、きちんと施錠はされているようだ。

「女二人で住んでいるんですからね。用心深くもなるでしょう」

木戸の向こうに家政婦の姿が消えると、戸部が言った。

林が迎えに来るまで五分かかった。「どうぞ」と、二人が招じ入れられたのもまた木戸を通してだった。車が一台通れそうな表門は、めったに開けることはないのだろう。

中に入ると、純和風の引き戸のある玄関まで石畳が敷かれていた。玄関の左側は洋館風の二階建ての建物になっており、右側は和風の平屋のようで縁側が延びている。右奥にも古びた木戸が見えるから、裏にもまだ建物が続いているらしい。

「広いお屋敷ですね。お部屋はいくつくらいあるのですか？　掃除が大変でしょう」

入り口まで案内される途中、俊は林に水を向けてみた。家政婦の彼女がこの家族をどう見ているか、その視点を知りたかった。

「さあ、存じません。わたしも入れない部屋がありますので」

だが、林は、表情を変えずにそう返しただけで、何の手がかりも与えてくれなかった。口数の少なさを買われて雇われたのか、と俊は心の中で納得する。

引き戸を開けると、広い家屋にはそぐわない和風の狭い玄関があった。武家屋敷の内玄関のような造りだ。木製の下駄箱の上に焼き物の一輪挿しがあり、名前のわからぬ黄色い野の花が一本挿されている。三和土(たたき)はきれいに掃かれ、上がりかまちもきれいに磨かれている。しかし、年季の入った家屋であることは、ぎしぎしきしむ廊下を見ればわかる。

「一見さんお断りの料理屋みたいですね」

林に聞こえないほどの小さな声で、戸部がささやいた。

「こちらでお待ちください」

二人の刑事が案内されたのは、玄関脇の洋風の応接間だった。十畳ほどの広さだろうか。玄関側に縦長の小さな窓が、庭に面して大きな窓があり、どちらもレースとジャカード織りの二重のカーテンが掛けられている。応接セットのソファは、カーテンと同じ模様の布でくるまれている。

俊と戸部は、戸口に向いてソファに座った。凝った織り模様のソファだが、ところどころ布が擦り切れてもいる。

「応接間がある家とはね」

感心しながら、俊は部屋を見回した。黒いアップライトピアノが壁側に置かれ、背の高い観葉植物の鉢が部屋の隅に置かれているだけだ。ゴブラン織りのカバーの掛かったピアノの上には写真立てがある。

「応接間とか客間って、現在では死語になっているのかもしれませんね」

と、戸部も言い、テーブルの上に一つだけ置かれたオブジェを見つめた。「これ、何ですかね」

「水晶……じゃないかな」

俊もさっきから気になっていた。透明なピラミッドの形をした置物。一辺が十センチくらいの四角錐だ。正方形の敷物の上に置かれている。しかし、手を触れるのはためらわれた。指紋をつけてしまいそうだ。

「あの写真は？」

戸部が次に気になるものへと視線を移した。ピアノの上のシルバー枠の写真立てだ。

人物が二人写っている。

ピアノに近い席にいた俊は、立ち上がって確認に行った。はじめて訪れた家だ。手を触れるような礼儀を欠いたまねはしない。視覚で確かめる。男女の子供が二人。女の子のほうが背が高い。姉と弟か。中学生と小学校低学年くらいの開きがある。

ソファに戻ったとき、ドアにノックの音がした。

「失礼します」

そう言って入室したのは、髪の長い黒ずくめの女性だった。長い黒髪が頬を隠していたので、パッと見たときは年寄りかと思ったが、彼女が顔を上げたとき、大体の年齢がつかめた。四十前後の色の白い女性だ。

——彼女が相川貴子、か。

死んだ相川公也の姉であろう。俊は機敏に立ち上がり、警察手帳を見せながら名乗り、戸部を紹介した。

「何かご用とか」

女性は、裾(すそ)の長いスカートに隠れた膝(ひざ)を揃えて一人掛けの椅子に浅く座り、「警察の方というと何でしょう」と、やや身を乗り出すようにした。ゆっくりつき合ってはいられません、という態度に見える。

「相川貴子さんですね？　今日は、亡くなった弟さんのことで少しうかがいたいことがあってまいりました」

本人確認してから、俊は切り出した。こちらも手早く用事を済ませたい。「弟さんは、去年、自殺されたとか」

「ええ」

それが何か、というふうに、相川貴子の細く描いた眉(まゆ)が寄った。

「自殺されたのは、ご自宅ですか？」

「そうです」

「自殺の原因は？」

「精神的な疲れだと思います。わたしたちもよくわかりません」

「大学時代の友人によれば、『うつ状態だった』とか」

中山周平の名前は、ここでは出さない。

「そうかもしれません」

「体調も悪かったのですか？」

「昔から病弱な子ではありました」

少し待ってみたが、それ以上、言葉は続かない。相川貴子は、聞かれたことにだけ答えるタイプのようで、さらに、少しはずれた答えを返す人間のようだ。意図的にそうしているのかどうかは謎だが。

「内臓のどこかを悪くされていたとか」

「就職してから腎臓を悪くしましたが」

「会社を休職されていたのですね？」

「ええ、でも、同じ会社には戻れず、ほかの会社でアルバイトのようなものを始めたんです」

そこまでは調べてある。相川公也は、大学を卒業して大手家電メーカーに就職したものの、慢性腎炎にかかり、会社を休職した。治してから戻るつもりが、人工透析を受け始めて時間的に余裕がなくなり、会社は辞めざるを得なくなった。当時の同僚が「社員時代に交際していた女性はいなかったと思いますよ」と証言している。

「仕事上の悩みや健康上の悩みが重なって、弟さんは自ら命を絶ったのでしょうか」

「さあ、どうでしょう」

相川貴子は曖昧に答えて、さすがに苛立ちを覚えたかのように、「弟が何の事件に関係しているのでしょうか。警察の方がいらしたということは、何かの事件を捜査されているからでしょう？」と、こちらの目的に触れてきた。

「ご存じかもしれませんが、都内と千葉県で、連続して既婚女性の他殺体が発見されました。その事件の捜査の過程で、亡くなった弟さんの名前が挙がったのです」

「死んだ弟がどんな関係があると言うのですか？」

「安藤亜衣里さんという女性はご存じですか？」

「いえ、知りません」と、相川貴子は即座に首を振る。

「旧姓が松本さんですが」

「いえ、知りません」と、同じ答えが返ってくる。

「弟さんが学生時代、松本亜衣里さんとおつき合いされていたのはご存じですか？」

「いえ、知りません」

ほとんど同じ速さで、寸分違(たが)わぬ答えが返ってきたが、次に言葉が続いたのがそれまでとは違っていた。「その方が殺されたのですか？」

「ええ」

「まあ、お気の毒に。では、亡くなった公也と同じ年ごろだったんですか？」

「同じ学年です。大学は違いますが」

そこまで情報を提示して、相川公也の姉の出方を待ってみたが、彼女は何も言葉を継がない。

「学生時代、弟さんから何か聞いてはいませんか？　松本亜衣里さんの名前は出さなかったかもしれませんが、弟さんから何か相談されたことはありませんでしたか？　たとえば、自分と結婚したら相手がどういう名前になるとか」

「どういう意味でしょう」

相川貴子は、顔をしかめた。

「Wイニシャル殺人事件というのは聞いたことがありますか？」

そこで、俊は、違う角度からの接触を試みた。

「世間を騒がせている事件ですか？」

顔色を変えずに相川貴子は答え、「いちおう、新聞は読んでいますから」と言い、「テレビはほとんど見ませんけどね」とつけ加えた。

「結婚して、英語表記とひらがな表記の氏名の頭文字が揃ってしまう女性。そういう女性たちが狙われている可能性が高いのです」

「ですから、その事件と弟のことがどう関係しているのですか？　公也はもう死んだのですよ」

「被害者である安藤亜衣里さんの関係者から、学生時代に起きたもう一つのWイニシャル殺人事件の話題が出たもので。当時の交友関係を幅広く調べているわけです。松本亜衣里さんだった安藤亜衣里さんは、『相川さんと結婚したら、相川亜衣里でWィニシャルになってしまう。それは不吉だから結婚はできない』、そう言ってプロポーズを断ったそうですが」

「そんな話、いまはじめて聞きました」

相川貴子の肩が静かに上下し始めている。プロポーズを断られた話は、死んだ弟の不名誉につながると思ったのかもしれない。

「そしたら、公也はその方にプロポーズしたってことですか？　そんな話も聞いたことがありません」

「そうですか。何も聞いてはいませんか。思い出すこともありませんか？」

「十年以上も前ですから、何も思い出しませんよ。本人はもうこの世にいないですし」

公也の姉は、弟の死を何度も強調した。

「あれは、あなたと亡くなった公也さんですか？」

弟の死が話題になったところで、俊はピアノの上の写真を指差した。

「そうです。わたしと弟とは八つ年が離れているんです」

「弟さんが小学一年生くらいのときですか？」

「ええ、わたしは中学三年でしたか」

相川貴子は、写真の自分と弟を目を細めて見る。

そのあいだに、僕の隣で戸部が水晶を手に取った。戸部の気配に気づいて、相川貴子がきっと視線を彼の手元に向けた。

「珍しいものですね。水晶ですか？」

質問したのは僕だ。自分の役目を心得ている戸部を、僕は貴重な相棒だと再認識した。

「ええ、水晶です」

触らないでください、というふうに、相川貴子は戸部へ手を差し出した。戸部が「すみません」と言って、水晶を敷物の上に置き直した。

「こういうのは、何かお守りのような意味合いで飾っているのですか？」

「別に」

とりすました顔で、相川貴子は答える。「輝きがきれいだから、飾っているだけですよ。この石は、公也も好きだったし」

「そうですか」

聞きたいことはほぼ聞き終えた。「お時間をとり、失礼しました」と言って、僕は戸部を伴って部屋を出た。

玄関まで来たとき、ふと鼻腔が異質な匂いを嗅ぎ取った。その匂いのもとを視線でたどると、廊下の先の開いたドアにいきついた。

「匂いますか？」

と、唇の端に小さな笑みを浮かべて、相川貴子が聞いた。

「いえ、別に」と、俊はあわてて首を振る。

「脳梗塞で倒れた母が、奥の座敷で寝たきりでいるものですからね。下の世話などがあって、ドアを開けていると、消毒薬の匂いが漂ってくるのですよ」

「それで、家政婦さんが来ておられるのですか？」

「ええ。彼女は看護師の資格も持っていて、信頼できるんです。母は言葉が不自由になって、身体に麻痺も残っているもので」

「あなたがお出かけになる機会は多いんですか？」

「買い物程度ですよ」

相川貴子はそう答えて、「大変です。年寄りの介護は」とため息をついた。

＊

「弟の遺志を引き継いで、無念を晴らす。いわば、弟にかわって復讐する、なんて動機は考えられませんよ」

門の外に出ると、要塞（ようさい）のような高い塀を仰ぎ見るようにして戸部が言った。「大体、彼女は運転免許証を持っていません。弟が所有していた自家用車も死後に処分していますし」

「そうですね」

と、自分の胸に問うように俊はつぶやいた。相川貴子が運転免許証の取得者でない事実は本庁で調べ済みだ。車を使わなければ遺体の運搬は不可能だ。

だが、何かが俊の頭に引っかかる。ものの少ない応接間で目についた写真立てと水晶の置物。そのどちらも弟に関係するものだったからか。相川貴子は、水晶の置物を大切にしていた。

「近所の聞き込みに行きましょう」

俊は、相棒の戸部に言った。相川家は資産家である。不動産屋なども当たる必要があるだろう。

第七章　結婚

1

　実家のある栃木県黒磯までは、上野駅から東北本線で二時間半はかかる。悠子の兄の隆が勤める和菓子屋の定休日は水曜日で、土日も営業している。兄を交えて話し合うのは夜しかないだろう。悠子はそう考えて、土曜日の夜、十時前に実家に着くように電車に乗った。

　実家に着いたのはちょうど十時だったが、まだ隆は帰宅していなかった。

「お店の片づけのあと、あっちで夕飯をごちそうになる日が増えてね。隆をあっちの家にとられちゃった気がするわ」

　小腹がすいた、と言った悠子に鮭茶漬けを用意しながら、母親の智子は愚痴をこぼした。

「わたしにはよくわからないけど、和菓子にもたくさん種類があって、勉強することも多いんでしょう？　一人前の和菓子職人になるまでにはまだまだ時間もかかるだろうし、あちらでいろいろ教えてもらっているんじゃない？」

「それにしても、まだ結婚が決まったわけじゃないのよ。けじめをつけてくれないとね」

お茶漬けをかきこむ娘の姿を眺めながら、智子はため息をついた。

——お母さん、一人で食事するのは寂しいのかしら。

ふと、そう感じたが、だからといって、自分がこの家に帰る決断はいますぐにはできない。悠子にも東京に大事な仕事がある。

「先が思いやられるわ」

智子は、さっきより大きなため息をつき、「いざ結婚となったら、『満田屋』の看板がどうのこうのと、あっちのペースに乗せられて、すべてあっちの思うままに進められてしまいそう。婿養子になるってことは、そういうことなのよね」

「だけど、お母さんの息子でなくなるわけじゃないんだから、いいじゃないの」

悠子はそういう言葉で慰めたが、智子からの返事はなかった。

「ただいま」

そのとき、玄関が開いて、隆が帰って来た。

「お兄ちゃん、お母さんのことも大切にしてよね」

待っていられずに、悠子は玄関に出た。

「何だ、おまえ、帰っていたのか」

隆はうるさそうな顔を妹に向けて、「あーあ、疲れた」と、重労働を誇示するように伸びをした。

「飲んでいるの？」

「ビールを少しね」

「自転車も酒酔い運転になるのよ。気をつけてよね」

自転車通勤をしている隆である。

「一杯飲んだだけだよ。夕飯に出してくれたからさ」

「満田屋さんで？」

「そうだよ」

「たまにはお母さんとも夕飯食べてね」

「食べてるよ」

隆は不機嫌そうに言うと、階段を上って二階の自室へ行った。

「お兄ちゃん、機嫌悪そうよ」

食堂に戻って、悠子は智子に報告した。

「大げさにするな、と言われたのよ。あんたが来ているってことは、家族会議が始まるんだな、と思ったんじゃないの？」

鮭茶漬けを食べ終えたころに、隆が入って来た。

悠子は、居間のソファに場所を移した。畳の上にカーペットを敷き、ソファを置いている。悠子が中学生のころまでは純和室だったが、畳の生活だと足が疲れるからと智子がソファを置いたのだった。わたしはもう準備ができています、と示すように智子はとっくにソファに座っている。

「家族会議、ですか」

と、肩の凝りをほぐすように腕を回しながら、隆が母親と妹の前に座り、おどけて言う。

「お兄ちゃん、満田屋の娘さんと結婚するんですって？」

切り出したのは悠子だ。

「ああ」

「それって、あっちの家に入るって意味？」

「そうだよ。それしかないだろう」

「お母さんはどうするの？」

「どうって……どういう意味だよ」と、眉をひそめる隆。

「ここで一人暮らしになるのよね」

「そうだけど」

と、隆が怒ったような口調で返し、態勢を整えるかのように咳払いをした。「満田屋から家まで自転車で十五分もかからないんだよ。車だともっと早い。おふくろはまだ若いし、元気だし、何かあったら駆けつけて来られるさ」

「お母さんがもっと年をとったら？」

「そのときはそのときさ。あっちに引き取って、一緒に生活することも考えているよ」

「そこまでもう考えてるの？」

「ああ」

「そうだって」

と、隣の智子へ顔を振り向けると、それまで黙っていた智子は、そんなんじゃないのよ、と言いたげに大きくかぶりを振った。

「おまえはどうなんだよ」

口を結んだままの母親のかわりに、隆が悠子に矛先を向けてきた。

「わたし？　わたしは……何かあったらすぐに帰るに決まっているじゃない」

「そうじゃない。おまえ自身はどうするんだ、と聞いているんだよ」

と、隆は口調を強くした。「もう三十二だろう？　誰かつき合っている男でもいるのか？」

「そんなの、いないわよ」

「だったら、ずっと一人のつもりか？」

「わからないけど、いまは誰もいないわ」

「じゃあ、ここでおふくろと一緒に暮らせばいいじゃないか」

「だめよ、そんなの。わたしの仕事はどうなるの」

悠子の語調もきつくなった。予定が狂った。自分自身の生き方を問われる展開になるとは予想していなかったのだ。

「ここでできない仕事なのか？」

「せっかく、いまの職場に転職できたのよ。ここでどういう仕事に就けって言うの？」

「あんたたちは」

あーあ、と大きな吐息を漏らして、智子が苦い笑みを口元に浮かべた。「そういう話はいまはいいわよ。お母さんが不満なのは、隆が満田屋さんに婿養子に入るってこと。悠子はどうなの？」

「わたしは……」

隆の鋭い視線を感知して、悠子は言葉にちょっと詰まった。「基本的には、お兄ちゃんの結婚には賛成よ。大体、結婚できるなんて思っていなかったから」

「何だよ、余計だよ」と、隆が「ちぇっ」と舌を鳴らす。

「お母さんが問題にしているのは、お兄ちゃんが婿養子に入って姓が変わることでしょう？」

「そうよ。堂本姓の消滅の危機」と、智子は簡潔に答えて、「堂本家が途絶えたら、お父さんに顔向けできないじゃないの」と続けた。

「大げさだな。うちが何か商売やってるか？　あっちは満田屋の看板を背負っているんだよ。俺が堂本姓のままあっちの家に入るわけにはいかないんだ」

「じゃあ、うちだって屋号を持つわよ。あっちが満田屋なら、こっちは堂本堂とでも」

「お母さん、堂はやめてよ。だぶるから。堂本屋でしょう？」

と、悠子がまぜっかえすと、

「ふざけるなよ。たかが、苗字が変わるくらいでごたごた言うなって」

と、隆がきっぱりと言い切った。「俺が堂本でなくなったって、おふくろはおふくろじゃないか。心配するなって。面倒見るからさ。堂本家のお墓だって、ちゃんと守るよ」

「そうよ。わたしは、お兄ちゃんがいままでのようにお母さんを大切にしてくれればそれでいいの」と、悠子も言った。

「じゃあ、せめて、悠子。あんたが堂本姓を維持してちょうだいね」

途端に、智子が熱っぽい目を娘に向けてきた。

「一生、独身でいろって意味？」

「結婚するにしても、あんたの姓を名乗る人と結婚してちょうだい」

「おふくろ、それじゃ、悠子がかわいそうだよ」

と、今度は、隆が妹の肩を持ってくれた。「男女同権だといっても、まだまだ男中心の世の中で、結婚したら女が男に合わせて改姓する。それが主流だよ。堂本姓でもいいと言う男を見つけるまで、悠子は結婚できなくなる。それは、悠子を束縛することにつながっちゃうよ」

隆の言葉が心に染み入って、悠子は感動した。いつのまにこんなに道理を心得た柔軟性の備わった男に成長したのか。それだけ、和菓子作りという仕事を、いや、満田屋の娘を愛しているのだろう。

「そうよ、お母さん。お兄ちゃんが婿養子になっても、お兄ちゃんとの縁が切れるわけじゃない。お兄ちゃんは永遠にお母さんの息子。それでいいじゃない。満田隆になるだけの話だもの。名前なんてただの記号だと思えばいい」

感激のあまり言葉数が多くなった悠子に、

「何だよ、満田隆って」

と、隆が訝る(いぶか)ような視線を投げた。智子の視線も悠子に向いている。

「だって、満田屋の婿養子になれば、満田隆でしょう？」

「違うよ。満田屋はただの屋号。本当は、竹川(たけかわ)姓」

「えっ？　じゃあ、お兄ちゃんは、竹川隆になるの？」

「そうだよ」

「へーえ」

そうなんだ、といまはじめて知り、悠子は不思議な感覚にとらわれた。満田隆ではなく、竹川隆。たけかわたかし。ＴＴだ！

「お兄ちゃん、ＴＴって……」

Wイニシャルかつゾロ目である。思わず口にすると、

「何だ、あの事件を気にしているのか？」

と、隆も即座に反応した。

「あの事件って？」

一方、智子は首をかしげる。息子の結婚問題で頭がいっぱいだった智子は、マスコミを賑わせている連続殺人事件などに関心が向かなかったのだろう。事件については、悠子は家族には何も話していない。

「結婚してWイニシャルになった女性が殺されている事件だよ。たとえば、斉藤さゆり、とかね」

母親に簡単に説明しておいて、「そういえば」と、隆は悠子に視線を移した。「被害者の中に美大を卒業した女性がいたと思うけど、おまえと同じくらいの年齢じゃなかったか？」

「ああ、そうかもしれない」

と、悠子は曖昧に答えておいた。隆も被害者の名前までは記憶していないようだ。どういう捜査がどこまでされているのか、たとえ家族といえども明らかにしないほうがいいだろう。刑事の井垣に「あなたの口の堅さを信用して」と言われたのが、悠子

は気になっている。信頼されているのなら期待に応えたいと思う。そういう女性が狙われているの？」

「結婚して、苗字と名前の最初の文字が一緒になる女性。そういう女性が狙われているの？」

智子は、自分が呑み込みやすく説明を補って、再確認した。

「そうみたいだな。怖い世の中だよね」

一瞬、顔をしかめたあと、「だからさ、男が改姓したほうがいい場合もあるんだよ。結論はそういうこと」と、隆は笑った。

「そういう問題じゃないでしょう」

智子が反論にかかったが、悠子の頭は別の考えで占められていた。

――結婚して、Wイニシャルでゾロ目になる男性もいるんだ。

女性ばかりがターゲットにされた連続殺人事件ゆえに、結婚後の男性の氏名になど関心が及ばずにいた。悠子は、つねに持ち歩いている小型のスケッチブックに、「TAKEKAWA　TAKASHI」と、英語表記の兄の名前を書いた。

2

「こっちに峯村課長はいませんか？」

デザイン室に入って来た玉木奈美が、遠慮がちに悠子に聞いた。

「いないけど」と答えると、「変だなあ」と、玉木奈美が口を尖(とが)らせた。

「どうしたの？」

「出社していないんですよね」

「立ち寄り……じゃないの？」

何か用事を済ませてから出社の予定かもしれない。

「いえ、そういう話は聞いていません。それに、わたし、朝、書類を持って行く約束をしていたのに」

「月曜病にかかってずる休み……なんてことは、峯村課長に限ってないわよね」

冗談を言いかけたが、胸の中にざわざわした感情が芽生えた。「携帯電話にかけてみた？」

「それが、通じないんですよ。切ってあるみたいで。家にかけても誰も出ません」

「運転中だとか……」

ざわざわ感が不安というはっきりした形になった。婚約者だという仁科と三人で食事したときの光景が思い出される。「形だけでも籍を入れてほしい」と、仁科は話していた。「Wイニシャルとゾロ目から離れられれば、少なくともぼくは安心できます」とも言っていた。峯村道子。Ｗイニシャルかつゾロ目の頭文字を持つ氏名。

「もう少し待って、また電話してみますけど。こっちに連絡があったら、知らせてくださいね」

そう言って、玉木奈美は出て行った。

悠子は、不安が胸に膨れ上がるのを感じながら、描きかけのデザイン画に目を落とした。余白にいくつものアルファベットが走り書きされている。気がつくと、指が動いてアルファベットをなぞっている。峯村道子の頭文字は「Ｍ」。「Ｍ」は要注意。悠子の頭の中に設置された信号機は、赤で点滅している。

「心配？」

前から声がかかって、ハッと胸をつかれて顔を上げる。給湯室から戻った山下直子が両手にコーヒーカップを持って、こちらを見下ろしている。「飲む？」と差し出されて、悠子はためらいながらもコーヒーカップの一つを受け取った。仕事中の私語を嫌う山下直子にしては珍しい行為だ。

「峯村課長、一人暮らしだから、熱でも出して起きられずにいるんじゃないでしょうか」

もう少ししたら自宅に行ってみよう、と悠子は思っている。

「あの事件と関連づけちゃうわよね」

立ったまま ため息をついて、山下直子はコーヒーをすすった。「Wイニシャル・ゾロ目殺人事件」

「山下さんも、ですか？」

「当然じゃない。女なら誰だって怖くなるわよ。わたしの場合、『中田』とか『夏川』って人とは結婚できないな、なんて考えたりしてね」

「ですよね」

山下直子も自分と同じ未婚の一人の女にすぎないのだ、と思い、そんなあたりまえの事実に気づいた自分を悠子はおかしく思った。

「堂本さんは、もっと怖い思いをしているんじゃない？」

「えっ？」

「お友達が殺されたんでしょう？」

「あ……ああ」

安藤亜衣里のことを指しているのだろう。しかし、事件の概要についてきちんと山下直子に話したことは一度もないのだ。

「そのあたりで、こそこそ話していればわかるわよ」

山下直子は、かすかに微笑んだ。

「すみません。ご迷惑かけて」

「迷惑なんて思ってないけど、事件は早く解決してほしいと思っているわ。いまのままじゃ、わたしたち女が安心して暮らせないもの」

「そうですね」

今回の連続殺人事件は、未婚女性を震撼させたと同時に、彼女たちのあいだに共感ももたらしたのだ、と悠子は思った。

「いちばんいい解決方法は、結婚しても女が改姓しないことだけどね。夫婦別姓がいちばんいいのよ」

「山下さんってそういう考えをする人だったんですか」

いままで敬遠してきた山下直子という人物が、くっきりとした輪郭を持って生まれ変わる。

「世の中、男と女が半分ずつなんだから、結婚して男の姓にするのも半分、女の姓にするのも半分、そうなるべきでしょう？　でなければ、夫婦別姓でいいかな、ってね」

山下直子は、コーヒーをひと口飲んで、こう続けた。「わたしの父は婿養子でね、結婚して母のほうの姓になったのよ。男の姓が変わるのもいろいろと面倒で、その後も家の中でひと騒動あったわ」

「お母さん、女ばかりのきょうだいだったとか？」

「ううん、母の実家が岐阜で呉服屋を営んでいたの。勤めていた父がそこに入って、という形ね」

兄の隆と同じだ。山下直子に対する共感がより強まって、「呉服屋さんはいまでも？」と、悠子は尋ねた。

「細々とやってるわ」

「ご実家は誰が継ぐんですか？　山下さん、きょうだいは？」

「一人娘よ、わたし」と答えて、山下直子は肩をすくめた。

「じゃあ……」

「ゆくゆくは、立て直したいと思っているわ。ああ、立て直すって意味は、いまのスタイルの呉服屋のままじゃ生き残れないって意味ね。若い女性の着物離れはどんどん進んでいる。歯止めをかけるには、新しい形の着物を提案することだと思っているの。いずれは、織物と染色の勉強をするつもり」

「そうなんですか」

そういう夢があったのか、と悠子は驚きと羨望（せんぼう）を含んだまなざしを山下直子に向けた。彼女はこの会社に骨を埋めるもの、と心のどこかで思い込んでいたが、彼女こそステップアップを図るためにこの会社にいたのである。

――わたしは、どうすればいいのだろう。

「デザイナー」にふさわしいポストを獲得するために、チャンスを得る機会を夢見るだけでいいのか。この会社に必要とされている以上、最後の居場所として、ここで踏ん張り続けるべきではないのか。

3

安藤亜衣里の夫、安藤和樹から死んだ妻に関する件で連絡が入ったのは、月曜日、相川家の周辺の聞き込みを手分けして進めていたときだった。

「あそこの娘さん、一時、銀座の古いビルの一室で占い師をしていたそうですよ」

何軒目かの不動産屋でそういう情報を得た。

「もしかして、水晶占いでしょうかね」

「その可能性が高いでしょう」

確認に行く必要がある。俊と戸部が話していたとき、俊の携帯電話に本部から連絡があったのだ。

安藤和樹は、見せたいものがあるという。俊と戸部は、汐留の安藤和樹の会社まで行った。

談話室のあるフロアのテーブルで待っていると、薄桃色の封筒を手にした安藤和樹がやって来て、「これを見てください」と、挨拶(あいさつ)もそこそこに封筒を俊に差し出した。

『ステンドグラス教室・工房マーサ』と印刷された封筒の宛名は、「松本亜衣里様」となっている。

「奥さんの旧姓ですね。これが、お宅に?」

住所は、安藤和樹と亜衣里が住んでいた渋谷区上原(うえはら)だ。

「そうです。亜衣里は、旧姓を使ってこの『工房マーサ』というステンドグラスの教室に通っていたらしいんです」

安藤和樹は、立ったまま興奮口調で言った。

「ステンドグラス、ですか」

どんなものかは知っている。ヨーロッパの古い教会の窓などに必ずはまっている色とりどりのガラスで、光を通すと神秘的で美しい輝きが増す。ガラスの組み合わせによって、精巧な模様が形作られているものもある。

「ビーズの指輪に興味を示したように、彼女はきれいな色をしたアクセサリーや置物が大好きだったんです。ステンドグラスにも興味を持って、習ってみようと思ったんでしょう」

ビーズの指輪、と言われて、俊は名古屋から持ち帰ったあの指輪を思い浮かべた。贈り主の堂本悠子に確認はしてもらった。しかし、指輪からは犯罪の痕跡は得られていない。誰が、安藤亜衣里の遺体の指から芳村曜子の遺体の指にはめ替えたのか。芳村曜子は、名古屋市西区のマンション二階の自宅で頭を殴られて死んでいた。鈍器のようなもので殴られたと見られるが、凶器は発見されていない。犯行は、平日の昼間。夫は出社中。誰かを招き入れたらしく、テーブルにはティーカップが出されていたが、口をつけた形跡はなく、そこから被害者以外の指紋は検出されなかった。愛知県警は、顔見知りの犯行として捜査中である。マンションに設置されていた防犯カメラには、不審な人物は映っていないという。犯人は、二階まで外階段を使ったと見られている。

「なぜ、奥さんは旧姓を使ったんでしょう」

俊は問うた。そこが疑問だ。

「教室の女性講師は、『奥さまがこっそりと作品を完成させて、ご主人に贈り、驚かせたかったから』と、電話で言っていたんですが。ぼくの誕生日のプレゼントとして習っていたみたいです」

「じゃあ、あの日も？」

安藤和樹が出張のために不在で、妻の亜衣里が殺された日である。

「それが、あの日は教室がなかったそうで」

俊の質問に、残念そうに安藤和樹は首を振る。前回会ったときより顔のやつれが目立っている。進展しない捜査に苛立ち（いらだ）を覚え、妻を失った悲しみが募っているのかもしれない。

「教室の講師は、『このところ、奥さまはずっと教室をお休みになっているので気になって、近況をうかがうお手紙をお送りしました』と話していました。あくまでもぼくに内緒で通っていたので、自宅の電話番号なども教えなかったのでしょう」

「この封筒はお預かりしていいですか？」

ステンドグラスの教室の住所を見て、俊は聞いた。教室は、世田谷区松原（まつばら）にある。一種のカルチャースクールだろうが、そこで新たな交友関係を結んだ可能性は高い。

「どうぞ」

安藤和樹は、「お願いします」と深々と頭を下げ、顔を上げると、目頭を指で押さえて言った。「ステンドグラスのプレゼントでぼくを驚かせよう、なんて彼女らしいです。ぼくを喜ばせたかったんでしょうね」

4

『ステンドグラス教室・工房マーサ』の住所は、講師の名前とともに封筒に印刷されていた。講師の名前は、眉村麻美（まゆむらあさみ）。教室の名前は、苗字（みょうじ）の頭文字と名前の最初の文字を組み合わせたものからとったのだろう。

「マンションの一室のようですね」

住所を見て戸部が言い、俊も普通の居住用マンションを想像して行ったのだが、『イーストコート松原』のエントランスホールに足を踏み入れると、郵便受けの表札に明らかに会社や団体名と思われる名前が目についた。とくに低層階に横文字の社名が多い。目当ての『工房マーサ』は、二階にある。

表示板の呼び出しボタンを押すと、すぐに応答があった。

「警視庁の者ですが」

警戒されるのが当然の名乗り方だが、

「あら、パトロールですか？　どうぞ」

と、のんびりした女性の声が応じ、ガラスの自動ドアが開いた。

「交番の巡回と間違われていますね」

戸部が苦笑した。

「巡回が多い地域なんでしょう」

と、俊は受けた。交番勤務の警察官、いわゆる「おまわりさん」がこまめにパトロールする地域は存在する。

二階のエレベーターを降りると、右手に、『工房マーサ』とアールデコ調に文字がデザインされた看板が見えた。ドアは開いていて、滑らないようにストッパーで留めてある。マンションの一室で営業されているブティックのような雰囲気だ。

のぞくと、玄関にいくつも女性ものの靴が揃えてある。ヒールの高い靴やブーツもある。廊下の突き当たりの引き戸が広く開いていて、複数の人の姿が見える。

「ごめんください」

声に反応して現れたのが、レースのついた白いエプロンをかけたふくよかな中年女性だった。毛足の長い温かそうなスリッパを履いている。

「警視庁の井垣です」

警察手帳を提示して、「講師の眉村さんはいらっしゃいますか?」と聞く。

「あら、まあ、パトロールの方じゃないんですか?」

「ある事件のことでお話をうかがいたいのですが」

「じゃあ、あれですか？　まるで、刑事ドラマみたいなあれ」

あれ、が何かはわからないが、中年女性は驚いたように目を見開き、「センセ、センセ」と、スリッパの音を立てながら奥に呼びに行った。

「すみません。眉村です。いま、講習中でして」

続いて現れたのは、さきほどの女性とは対照的にスリムな女性だった。五十歳前後だろうか。こちらは、黒いセーターにラメの入った細身のパンツという個性的なスタイルで、デニム地のエプロンをかけている。

「ある殺人事件に関してお話をうかがいに来ました」

低い声で言い、俊はあの薄桃色の封筒を見せた。

それだけで、眉村麻美は状況を悟ったらしい。硬い表情になって、「どうぞ」と、玄関の脇の部屋に二人を招き入れた。応接セットを置いて客間として使っている部屋のようだが、壁にはところ狭しとステンドグラスを使った作品が吊り下げられている。イルカやペンギンの形に切り取られた青や黒のガラス、薔薇やチューリップや百合などの花をかたどったパネル。受講生たちの手による作品の数々なのだろう。

「ドアはいつもオープンにしてあるんですか？」

よほど気になったのか、最初に戸部が聞いた。

「上のフロアに自宅があるもので、何だか建物全体が自分の家みたいで、安心しちゃうのでしょうね。本当は、もっと用心しなくちゃいけないのに。先月も下の階に空き巣が入ったとかで、交番からおまわりさんが何回もパトロールにいらしてくださって」

講師として大勢の受講生を相手にしているのだろう。話し方はてきぱきとしている。

「ドアの鍵は閉めておいたほうがいい、と言われませんでしたか？」

「すみません。閉めておきます。いつでも見学オーケーです、なんてホームページで宣伝しているものですから、つい。この教室自体、なるべくオープンな形にしたいので」

眉村麻美は、玄関の鍵を閉めに行こうとして立ち上がったが、ハッと気づいたように座り直し、「いまは、刑事さんたちがいらっしゃるし、大丈夫ですよね」と小さく笑った。

「この手紙ですが、松本亜衣里さんという方は、こちらを受講されていたのですね？」

俊は、改めて封筒をテーブルに置いた。

「はい。週一回、四か月ほど前から通っていました」

　そう答えて、眉村麻美は封筒から顔を上げた。顔色が青ざめている。「この方が事件に巻き込まれたんですか？」

「殺害されました」

　端的に答えて、講師が受講生の死を受け止めるのを待つ。

「やっぱり」

　眉村麻美は、気持ちを落ち着けるようにてのひらを胸に当てた。「電話では、ご主人は、事件のことは何もおっしゃらなかったんです。『家内は、いま家にはいないんです。事情があって、そちらに通えなくなりました』とだけおっしゃって。ご夫婦のあいだで何かしらのトラブルがあったのかな、と思ったけれど、わたしもそれ以上は深く聞けなくて」

「電話で松本さんのご主人は、なぜ妻が教室に通っていたのか、尋ねたんですね？」

「はい、それには答えました。そのときに、もしかして、と嫌な予感はしたんです」

「殺人事件と関連づけて、という意味ですか？」

「ええ。ご主人に内緒で通っている方ははじめてでしたし、亜衣里という名前は珍しかったから、松本さんが教室に来なくなって、あの事件を知ったとき、もしかして、と思ったんです。年齢も同じくらいでしたしね」

「松本は旧姓で、いまは安藤亜衣里さんです」

「かわいそうに」

と、ため息をついて、眉村麻美は両手で口を覆った。

「それで、事件解決のために、少しでも情報がほしいんです。亜衣里さんのご主人のためにも」

僕は、衝撃から立ち直れないでいる眉村麻美に言った。口を覆う手をはずさせることから始めなければいけない。情報を得る。それが刑事の仕事だ。

「こちらの教室は、事件とは無関係だと思いますよ」

ところが、口を覆う手をはずした眉村麻美は、講師として教室を守る姿勢を見せた。

「安藤亜衣里さんと仲のよいお友達はいましたか？」

交友関係を調べる必要がある。

「製作中におしゃべりする仲間はいますよ。もちろん、静かに夢中で作られる方もいますけど、わたしとしてはみなさんが楽しく作ってくださればいいと考えていますから。でも、みなさん、ここだけの関係だと思います」

「そう言い切れますか？」

自己保身の感情が強くなった眉村麻美にそう突きつけると、彼女は少しうろたえて、

「みなさん、きれいなステンドグラスに魅せられた方ばかりで、和気あいあいと、楽しそうに手を動かしているんです。ステンドグラスが好きな人にそんな悪い人なんて、いるはずないんです。わたしの教室の受講生がそんな恐ろしい事件に関係するなんて……」

眉村麻美は、あり得ません、と言い切り、今度は手で顔を覆い、泣き始めた。感情の起伏が激しい女性のようだ。あるいは、演技か。

隣の戸部を見ると、戸部も弱り果てた顔をして、〈しばらく待ちましょう〉という形に唇を動かした。

やはり、演技だったようだ。涙は長くは続かず、鼻をすり上げる音とともに、眉村麻美は顔を上げた。

「安藤亜衣里さんは、教室が終わったあと、教室の仲間と外で交流があったかもしれませんし、その過程で何かトラブルに巻き込まれたのかもしれませんね」

違う方向から質問すると、

「そうですね。お教室を出たあとのことは、わたしは関知しませんからね」

と、眉村麻美の顔に少し安堵(あんど)の色が戻った。

「受講生の名簿を見せていただけませんか？」

「それは、個人情報の問題があって……」

と言いかけたが、「殺人事件の捜査ですものね」と、眉村麻美は自分に言い聞かせるように、「わかりました」とうなずいた。

「さきほど、こちらは、いつでも見学オーケーです、とおっしゃっていましたが、ふらりと入って来られる方はいるんですか？」

名簿では把握できない見学者がいるかもしれない。

「さすがに、そういう人は警戒しますよ。いままで、いらっしゃらなかったと思います。顔見知りのご近所の方が入って来られたことはありましたけど。ホームページには、いちおう『事前にお電話を』と書いています。でも、見学された方のほとんどは、次は体験教室にお入りになりますよ」

「男性の受講者はいますか？」

「以前はいましたが、いまは女性ばかりです」

「体験教室の受講生や見学者の中には？」

「男性もいたと思います」

「名前は控えていますか？」

「電話でお聞きするだけです。いらしてくださったときにアンケート用紙は渡していますが、提出しない方もいますしね」

見学者の名前は控えていないということだ。偽名を使おうと思えば使える。

「安藤亜衣里さんは、何を作っていたんですか？」

夫の安藤和樹への誕生プレゼントだという。

「フットランプです」

「フットランプ？」

「ナイトランプともいいますが、廊下などのコンセントに差し込んで、足下を明るく照らすものです。夜中に起きたときに、暗い中でも歩きやすくて便利ですよ。お持ちしましょうか。完成するまでこちらに置いてください、と言われたもので」

用意してあったのだろう、眉村麻美は廊下に出たが、すぐに作品を持って戻って来た。

長細い電球の上に、天に向かってチューリップの花の蕾が開くような形にガラスが何枚か取りつけられている。いくつかの面に模様がついているが、見たところ薔薇の形だ。ガラスとガラスは黒い銅板を細くカットしたようなものでつなげられている。

黒いビニールテープのようにも見える。

「六面体のフットランプです。明かりをつけてみましょうか」

眉村麻美が部屋の隅のコンセントに電球の部分を差し込むと、オレンジ色の明かりが灯った。ガラスが取りつけられていないところは、明かりが剝き出しになっている。

「これを作るのはむずかしいのですか？」

教会の窓を飾るステンドグラスは見たことがあるが、作る工程についての知識は俊にはない。

「体験教室のときには、簡単にできるものしか提供しませんけど、いざ自分の好きなものを作るとなると、簡単ではありませんよ。ステンドグラスの製作工程は、すべてが手作業です。ガラスを傷つけないようにカットしなければいけないし、パネル面のピースが多ければ多いほど、作業は細かくなって労力を要します。松本さん、いえ、安藤亜衣里さんは、六面のうち三面に繊細な薔薇を描き、複雑な曲線も使っていますから、かなり根気のいる作業だったと思います。ステンドグラス作りというと、きれいで優雅な作業に思われるかもしれませんが、鋭い刃のついたカッターを使ったり、熱したハンダごてを使ったりするので、注意が必要な危険な作業でもあるんですよ。でも、亜衣里さんは、ご主人のために一生懸命、楽しそうにお作りになっていました。だから……」

完成させてあげたかったです、と声を詰まらせて、『工房マーサ』の講師はフットランプをコンセントからはずした。「ご主人に渡してくださいますか?」

＊

「自宅とは別のあの空間が、彼女のお城なんですね。同じマンション内に独立した教室が持てるなんて、何て恵まれた境遇なのか。夫にそれだけの財力があるのかもしれませんね。それだけに、何があっても守りたいのかもしれません」

と、外に出ると、静かに観察していたらしい戸部が女心を分析した。

5

夕方になっても、峯村道子は出社して来なかった。電話もかかってこない。

「様子を見に行ってくれ、と言われたんですけど」

帰りじたくをした玉木奈美が、不安げな表情で悠子のところに来た。「堂本さん、一緒に行ってくれません？　何だかわたし、怖くて。ほら、ああいう話題が出たばかりだし。峯村道子って、ＭＭで……」

「一緒に行くわ。峯村課長の自宅は……」

「本駒込(ほんこまごめ)です」

バッグを持って出かけようとしたとき、デスクの電話が鳴った。もしかして、と身体を硬くして電話に出る。前の席の山下直子も心配そうに悠子の手元を見つめている。

「仁科です」

峯村道子の婚約者からだった。

「彼女は出社してますか？」

仁科からの電話とわかった瞬間、嫌な予感に襲われたが、その言葉にさらに不安が募った。

「今日は来ていないんです。連絡もつかなくて」

「そうか、おかしいな」

緊張を含んで、仁科の声は沈んでいる。「午前中に連絡をもらうことになっていたんだけどね。何度か電話しているけど通じないんですよ」

「昨日の日曜日は？」

「いや、お互いに用事があって会ってはいません」

「そうですか。わたし、これから……」

自宅に行ってみます、という声にかぶせるように、「いや、ぼくが行ってみますよ」と、仁科が言った。峯村道子の婚約者である。合鍵を持っているのだろう。

その仁科からの連絡を、悠子は会社で待っていた。

「自宅にはいません。けさの朝刊が郵便受けに入ったままだから、昨日、どこかへ出かけたらしいですね。そのまま、戻ってはいないのか。どこへ出かけたのかは……」

わからない、と続けた仁科の声が震えていた。

6

捜査の進捗（しんちょく）状況の報告とほかの班からの情報を収集するために、何度目かの合同捜査会議に出席する。

まず、安藤亜衣里の事件に関して、安藤亜衣里が夫に内緒でステンドグラス教室に通っていたことを報告し、入手した受講生の名簿から過去の受講生にまでさかのぼって調査する必要性に言及した。「見学者の名簿は残っていないので、見学して体験教室に申し込まなかった者もいるとみられます」と補足するのも忘れない。「講師の眉村麻美には、電話で見学を受け付けたときのメモなどが残っていないかどうか、追って聞いてみます」

そして、安藤亜衣里の指にはまっていたビーズの指輪が名古屋で遺体となって発見された芳村曜子の指にはまっていたものと同一であると、ほぼ確認されたことも報告した。

「千葉の木村京美の事件と名古屋の芳村曜子の事件、その二つとの関連性も考えて、四つの事件の合同捜査とするべきかもしれないな」

そう判断したのは、須山管理官だったが、「しかし、そうなると、大所帯になる。捜査する上では、小回りが利くほうがいいときもあるからね」と迷いも見せた。

「で、その木村京美の事件ですが、千葉県警主導で捜査は行われているわけです。しかし、そこから次のような重要な情報が得られ、こちらはこちらで独自に調べる必要が生じたと思われます」

豊島区在住で職場も同区にある木村京美の捜査に当たっていた班員が、咳き込むような勢いで報告を始めた。「木村京美が勤めていた幼稚園『たけのこ園』の園長が、園あてに百万円の寄付が届いていたことをはじめて明らかにしました。月曜日に出勤した職員が郵便ポストに投げ込まれていた百万円を見つけました。封筒に入っていたそうです。いままで黙っていたのは、それが事件に関係するかどうかわからなかったという理由と、百万円の束に添えられていた手紙に、『わたしは園児の関係者です。寄付の件は内密にお願いします』と、書いてあったからだといいます。送り主が園児の保護者の可能性も考えて、幼稚園では秘密にしていたようですね」

「その寄付のことは、職員は知っているのか？」

「会議で話し合ったので、職員は知っています。さくら組の担任の木村京美も知っていたはずです」

「じゃあ、寄付をした者が個人的に木村京美に接触した可能性もあるな」

須山管理官が言った。

——似ている。

と、俊は思った。安藤亜衣里は、夫に内緒でステンドグラスの教室に通っていた。木村京美の勤める幼稚園では、寄付があった事実を隠していた。内部に秘密を抱えていた点が共通している。

その秘密を利用して、犯人は接触を図ったのではないか。安藤亜衣里に、そして、木村京美に。

「愛知県警が調べた限りでは、芳村曜子が結婚相談所のような結婚関連のサービスを受けた形跡はなかったということです。しかし、複数の友人の話によると、芳村曜子の結婚願望は強く、『結婚したい』と口癖のように言っていたそうです。今年中に結婚すると幸せになると本人が言っていたらしく、昨年、友達の紹介で知り合ったいまの夫と、三か月という短い交際期間を経て、今年の二月に結婚に至ったといいます。趣味は旅行で、独身時代は、国内外あちこち出歩いたとか」

芳村曜子の事件についても報告があった。

「最後に、相川公也の家族についてはどうだ？　聞き込みで何か得られたのか」と、須山管理官に報告を求められ、ふたたび俊は起立した。

資産家の相川宅の様子、寝たきりの母と介護のために家にいる娘との生活ぶり、ときどき訪れる家政婦などについての報告は済ませてある。

「近所の話では、相川貴子は、何年か前に銀座の古いビルの一室で占いをしていたそうです。ネットで調べたところ、一丁目の晴海（はるみ）ビルの一室に『占いのお部屋』という名前の店が入っています。占い雑誌を出している出版社から派遣された占い師が日替わりで占いに従事しているそうです」

会議に入る前に調べたばかりなので、まだ占い師の名前や経歴まではいきついていない。

「相川貴子は、おそらく、そこで水晶占いをしていたのでしょう。彼女の家の応接間には、ピラミッドの形をした水晶の置物がありました」

会議が終わるのを待っていたかのように、会議室の外にいた署員が「折り返し、電話してくれとのことです」と、俊に電話番号が書かれたメモを渡した。堂本悠子の名前と携帯電話の番号がメモしてある。

「はい、堂本です」

廊下の隅に行って電話すると、即座に堂本悠子が応答した。

「どうしましたか？」

安藤亜衣里の件で手がかりが得られたのか。

「わたしの上司が行方不明なんです」

堂本悠子は、心細そうな声で予想外のことを告げた。

「上司というのは？」

「峯村道子さんといいます。結婚してその名前になりました。離婚後も旧姓に戻さず、そのままに。近々、再婚を考えていたのですが」

「峯村道子さん、ですか」

英語表記の氏名のイニシャルは「ＭＭ」、ひらがな表記の氏名のイニシャルは「みみ」。

「胸騒ぎがするんです」

堂本悠子は、震える声ながらも、やけに自信ありげに断言した。「いままで四人殺されています。次に狙われるのは、ＭＭだとわかっていました。そして、その次のターゲットはＩＩです」

第八章　失踪

1

不安で居ても立ってもいられずに井垣に連絡してしまったが、四十五歳の大人の女性の失踪（しっそう）である。現時点ではまだ事件性があるとは言い切れない。

手がかりを得ようと部屋を調べている井垣の後ろで、悠子は後悔し始めていた。MのWイニシャルの女性が次に狙われ、その次にIIのWイニシャルの女性が狙われる、というのも自分の推測にすぎない。

「連絡があるかもしれません。ぼくは自宅で待機しています」

そう言って、悠子に合鍵（あいかぎ）を渡し、携帯電話の番号のメモを置いて仁科が帰ったあとも、井垣は部屋に残っている。事件性があるとは言い切れないからこそ、刑事が一人で来たのだ、と悠子は解釈していた。

「ワインがお好きな女性のようですね」

と、ガラス扉のキャビネットの上のワインラックを見て、井垣が言った。二つ並べられた木製のラックには十本あまりのワインが寝かされている。白ワインも赤ワインもある。フランス産もチリ産もカリフォルニア産もある。

「失礼します」

とつぶやいてから開けた冷蔵庫にも、冷やしたほうがおいしいとされるスパークリングワインとロゼワインが入っていた。飲みかけなのか、白ワインがボトルに半分残っている。フランスのアルザス地方の名産で品種はリースリングだ。

「婚約者の仁科さんを紹介されたのも、神楽坂のビストロでした。そこで、白ワインのシャルドネをごちそうになったんです。峯村課長は、ワインアドバイザーの資格を目指すほどワインがお好きでした。三人で食事したときは、峯村課長は幸せそうで……」

いまどこにいるのか。いま、この瞬間、どんな状態でいるのか想像すると、胸が締めつけられる。

「どこかへ旅行に出かける予定などはなかったんですね」

ワインラックに差し込まれたワインボトルを一本ずつ確認しながら、井垣は悠子に聞いた。

「ありません。あったら、会社の者に伝えるはずです。今週は出張の予定もありません。それに、婚約者もいて、自ら姿を消すなんて考えられません」

「郵便受けの状況から見て、峯村さんは昨日から行方不明になっていると思われますが、このマンションには防犯カメラが何台かありますから、あとで画像を分析します」

「ありがとうございます」

やっぱり、警察に頼んでよかった、井垣という刑事の知り合いがいてよかった、と悠子は思った。少し安堵(あんど)がこみあげたら、目頭が熱くなった。

「大丈夫ですか？」

井垣は、すぐに悠子の潤んだ目に気づいた。

「考えすぎでしょうか」

「堂本さんは、安藤亜衣里さんの事件のときにも同じ言葉を使いましたね」

「自分が思ったとおりになるのが怖いんです」

思いつきにすぎないと言われてもいい。言うべきときがきた、と悠子は覚悟を決めて、「これを見てください」と、バッグからスケッチブックを取り出して、ダイニングテーブルの上に置いた。ページを開き、文字を井垣のほうへ向けて押し出す。

「ローマ字で、ＫＩＭＩＹＡ、とありますね」

スケッチブックから顔を上げた井垣の表情が険しくなっている。「相川公也さんの名前の英語表記ですね」

「そうです。アルファベットが六文字。一つずつ消してみてください。木村京美さんのK、市川郁子さんのI、峯村課長、峯村道子さんのM、そして、一つ抜かして、芳村曜子さんのY、最後に安藤亜衣里さんのAです」

「相川公也さんの名前のアルファベット六文字に含まれる、Wイニシャルを持つ既婚女性。彼女たちが狙われた、あるいは、狙われている、そういう意味ですか？」

「そうです。安藤亜衣里さん、木村京美さん、市川郁子さん、芳村曜子さん、と四人の女性が被害者となった時点では、既婚女性という共通点のほかに、年齢も二十代から三十代前半と、結婚適齢期の女性という共通点がありました。だから、峯村課長は油断していたのだと思います。四十代半ばで、離婚歴がある。したがって、自分は狙われるはずがない。本人もそんなふうに言っていました。でも、わたしは恐れていました。峯村姓は離婚した夫のものです。年齢にかかわらず、一度でも結婚歴のある女性をターゲットにしている可能性もあると思ったんです。Wイニシャル、MMの女性が狙われると考えた根拠は、これです。デザインの一環としてアルファベットを組み合わせていたんですが、ふと思いついて、相川公也さんの名前を英語表記にしてみたんです。そしたら、被害者のイニシャルと奇妙に符合して……」

井垣は、黙ったままアルファベット六文字に視線を落としている。

「単なる思いすごしであってほしい、と願っているのですが」

捜査のプロである刑事に言うべき内容ではなかったか、と不安にとらわれて、悠子は言った。

「いや」

と、井垣は激しくかぶりを振った。「思いすごしではありません。これが偶然であるはずがありません」

「じゃあ……」

犯人は、相川公也の身近にいる人間、関係者に限定されるのではないのか。死んだ相川公也には姉がいて、寝たきりの母の介護をしているという。悠子は、せかされるような思いで手がかりを告げた。「峯村課長は、熟年男女を対象とした結婚相談所に入会していました。そこで、仁科さんと知り合ったんです。仁科さんに聞けば、結婚相談所の名前がわかります」

「わかりました。ぼくは防犯カメラの分析に当たります。堂本さんは仁科さんに電話して、結婚相談所の名前を聞いてください」

「はい」

返事と同時に、悠子は携帯電話を手にしていた。

2

「占い好きでない女なんていない。そう家内が言っていましたね。家内も毎朝、テレビの占いは見ているし、雑誌の占いもチェックしていますね」

『占いのお部屋』が入っている煤けた色をした古ぼけたビルを見上げて、戸部がため息をついた。「占いをするのには、このくらい古いビルのほうが説得力があるのでしょうか」

「占い師の中には扮装に凝る者もいるでしょうから、歴史を感じさせる建物がお似合いなのでしょう」

と、俊も言った。

下のほうは苔むしてさえいる石造りの建物の出窓には、サッシではない旧式の窓ガラスがはめられている。レンガに囲まれた入り口はアーチ型で、ヨーロッパの歴史ある建物のようだ。石段を三つ上がって、アーチ型にくり抜かれた入り口をくぐる。漆喰の白い壁には塗り重ねたような盛り上がりがあり、天井にはパイプが剝き出しになっていて、壁の高い位置には電気の配線が巡らせてある。古い建物を維持するために、定期的に手を入れているのだろうか。

ドアの一部にガラス窓のついた部屋が左右にあり、左奥に階段がある。のぞくと、階段の途中にも部屋が見える。中二階のような複雑な造りらしい。右手の部屋の奥には手動式のエレベーターが設置されており、その向こうは化粧室になっているが、エレベーターと化粧室のあいだにも階段があり、踊り場が設けられている。

「迷路みたいですね」

戸部がこの建物を的確に評した。

このビルにはブティックや手作りアクセサリーの店、文具店や画廊などが入っているが、銀座一丁目界隈(かいわい)でもひときわ目立つ古いビルを好み、出店希望の若者がたくさんいるのだという。

「ここで、相川貴子に関する話が得られるでしょうかね」

戸部が言い、その表情が少し曇った。

「相川貴子がいた場所なら、この目で見ないとね」

と、俊は返した。堂本悠子の言葉が脳裏に引っかかっている。彼女が与えてくれたアルファベット六文字の手がかり。あれは偶然ではない。必然が感じられる。とすると、相川公也に近しい人間が関与しているとしか考えられない。

姉の相川貴子だ。

相川貴子は、占い専門誌に「吉魔世」というペンネームでコラムを書いていた。連載は三年間続いたが、弟が自殺した直後で終わっている。去年、弟が亡くなるまでの半年だけここで占いを担当していたことも、占い専門誌を出していた小さな出版社で聞いた。彼女が店にいたのは火曜日で、水晶占いが専門だったという。

相川貴子は、いくつ部屋があるのかわからぬほどの広い屋敷に住んでいる。しかし、相川貴子と複数の被害者との接点が見つからなければ、あの屋敷を家宅捜索することはできないのだ。確たる証拠が出ない限り、捜査令状は取れない。安藤亜衣里と接点があるのは、あくまでも死んだ相川公也であり、姉の相川貴子ではないのだ。

——相川貴子は弟の公也を溺愛していた。公也の自殺に過去にプロポーズを断られたことが関与しているとわかり、弟を失った憎しみが安藤亜衣里に向かった。彼女以外の複数の被害者の選定には、相川貴子の水晶占いが何かしら影響している。

いま推測できるのは、そこまでである。だが、相川貴子本人は自動車の運転ができない。遺体を運ぶ手段がないということだ。共犯者がいるのか。とにかく、相川貴子にまつわるすべての関係場所を訪ね、獲得できるだけの情報を獲得して、彼女の家に乗り込み、彼女に突きつけなければならない。でないと、彼女は……真実を言わないだろう。

「吉魔世というのは、吉が苗字で、魔世が名前でしょうか。きちまよ。不気味な名前ですね」

手動式のエレベーターを使わず、階段の一つを上りながら、戸部が不思議なペンネームを話題にした。『占いのお部屋』は、五階にある。

「そんな区別などなく、記号のようなものなのかも」と、俊は言った。

そのとき、ヒールの音が響いて、女性が弾むように階段を下りて来た。

「あっ」

視線が合って、思わず俊は声を発した。橋爪伊代ではないか。

「井垣さん、どうしてここに？」

橋爪伊代も前のめりになって立ち止まり、驚いて目を見張った。「もしかして、捜査？」

「そんなところだけど」

曖昧に答えておいて、「君は？」と問う。後ろにいた戸部が、不自然なほど端に寄った。

「占ってもらったの」

橋爪伊代は、指で上階を示した。

「『占いのお部屋』？」

「そう。今日は、手相占い」

「で、どういう結果が出たの？」

「やっぱり、今年中に結婚したほうがいいって」

橋爪伊代は、ためらわずに答えた。「実は、四柱推命とタロットでも占ってもらっていたの。タロットでも結婚は今年中にしたほうがいいと言われて。もう一つのほうは『なるべく早く』ですって。今日は、最終確認するために来たようなもの。ここの手相占い、評判がいいから」

どう言い返したらいいか、俊は迷っていた。結婚と言われても、俊自身はそういう将来設計はまだ描けない。

「あっ、井垣さん、困っているみたいね。大丈夫。いますぐに結婚して、なんてわがまま言わないから」

橋爪伊代はいたずらっぽく微笑んで、「わたし、井垣さんの捜査に協力してあげようと思ってね」と、意外な発言をした。

「協力？」

「おとり捜査よ。井垣さんが結婚を迷っているのだったら、ほかの人ととりあえず婚姻届だけ出すことにするの。ほら、音楽隊の稲葉(いなば)さん。あの人なんてどうかしら」

「音楽隊の稲葉って……」

広報課所属の警視庁音楽隊員である。合コンのときに立食パーティーに出ていたのを、俊は憶(おぼ)えている。

「音楽隊員って、刑事のような危険な仕事はないし、制服はカッコいいし、結婚相手には最適じゃないかな。休日の演奏が多いのが難点だけど、警視庁の音楽隊は専務隊で待遇もいいしね」

「稲葉のほうはどうなの？」

「あら、井垣さん、気になる？」

橋爪伊代は、ふふふと笑って、「実は、合コンのあと、彼から誘われたのよ。わたしは無視したけどね」

相手は気があるということだ。

「結婚したら、わたしは稲葉伊代になるでしょう？　Wイニシャルでゾロ目の女ってことね。稲葉伊代になって、雑誌に読者モデルとして写真を載せてもらって、大々的に世間にアピールするの。テレビの街頭インタビューなんかにも答えて、名前を言ってみたりして。そしたら、連続殺人犯がわたしに注目しない？」

橋爪伊代は得意げにぺらぺらと続けて、俊の横をすり抜けて下りようとした。

「よせ」

俊は、彼女の腕をつかんで止めた。「結婚はやめたほうがいい」

ハッと顔を上げた橋爪伊代は、夢から目覚めたような表情をしていた。

「井垣さん、心配してくれるの？」

「当然だろう」

力が入っているのに気づいて、俊は腕を放した。堂本悠子の推理が当たっていれば、峯村道子が行方不明になったいま、次に危険なのは、ＷイニシャルがＩＩの既婚女性だ。峯村道子のマンションに設置された防犯カメラの映像を分析したところ、日曜日の午後三時半に下りのエレベーターに乗っている彼女の姿が認められた。それ以降、外出先から戻った映像はない。

「よかった」

橋爪伊代は、勝利したというふうに手を叩いて、「試してみたの、井垣さんの本心を。うそよ。稲葉さんとなんか結婚するはずないでしょう。連絡もしてないもの」

うそなのか。俊はホッとはしたが、これから当分この女に翻弄(ほんろう)されるのか、と気が重くもなった。

「じゃあ、今度こそそっちから連絡してくださいね」

そう言い置いて、橋爪伊代は軽快な足取りで階段を下りて行った。

「女心は複雑ですね」

戸部が「同情します」と続け、肩をすくめた。

3

気を取り直して、『占いのお部屋』のドアの前に立つ。横長のガラス窓をのぞくと、ぽつんと置かれた木製の机の前に、黒い服をまとい、黒いベールをかぶった年齢不詳の女性がこちら向きに座っていた。間口が狭く、奥行きのある部屋だ。天井にはスポットライトが取りつけられ、白壁の一部は円窓状にくり抜かれている。飾りが一切ないモノトーンの部屋だけに、異様な風体の女性が目立った。

ノックをして入室する。

「ご予約ですか？」

占い師は低い声で問うてきたが、俊は警察手帳を提示するかわりに、「出版社を通してご連絡した者です」と答えた。

「お手を」

鼈甲（べっこう）のルーペを持った占い師にてのひらを上に向けられ、一瞬、犬と間違えられたのかと思ったが、小さく苦笑しながら自分の左手を差し出した。この部屋に入った者は、いちおう占ってもらうシステムになっているようだ。後ろで、戸部が居心地が悪そうに一つ咳払（せきばら）いをした。

「いま、いちばん気になるのはご結婚のことでは？」

と、ルーペでてのひらのしわを観察しながら、女占い師が切り出した。

「そうです」

さっき、おとり捜査まで持ち出してきた橋爪伊代に会ったばかりだ。

「おつき合いされている方がいるようですね。でも、いまはまだお仕事に専念すべきときです。いましばらく待たれたほうがいいです」

女占い師は、顔を上げるとそう結論づけ、ふたたびルーペをのぞきこんだ。

「ずいぶん、生命線が長いですね」

女占い師は、俊の生命線に注目した。語尾が上がる口調から、俊は、彼女がふだんは高い声を出していて、占うときは意識的に声を低くしているのだと悟った。思ったより若い女性かもしれない。

「それは、ラッキーなことと受け取っていいですか？」

意地悪な気持ちが頭をもたげて、俊は聞いてみた。

「もちろんですよ。寿命が長いという意味ですから」

「やっぱり、そうですか。うちの家系は……」

そこで言葉をとぎらせると、

「ご両親もお元気なのでは？　長生きの家系ですね」

と、女占い師は表情を変えずに決めつけた。

「はい、まあ」

とっくに両親はいない。調子を合わせておいて、手を膝に置き、「こちらの捜査にご協力願いたいのですが」と、そこで改まって警察手帳を見せた。

「何でしょう」

女占い師は、高価そうな鼈甲のルーペを机の引き出しにしまってから、姿勢を正すように座り直した。手相占いを専門とする彼女のペンネームが「マダム純」であるのは、調べてわかっている。マダムとは名乗っているが、本当はマドモアゼルかもしれない。

「水晶占いをしていた吉魔世さんはご存じですか？」

「顔は知ってますよ。でも、個人的なおつき合いはありません。本名も知りません

し」

マダム純は、警察が来たことを警戒して、質問される前に関係の薄さを強調した。

「水晶占いがどんなものかは知っていますか？」

「ほかの占いについての知識もひととおりはあります。水晶についてもね」

占い師としてのプライドがあるらしい。彼女は顎をやや上げて、「水晶には浄化作用があると言われています。地面に埋めるとその土地が浄化されるため、いまでも家を建てるときに家の下に水晶を埋める習慣のある地域があります。エジプトのピラミッドにも水晶が埋められているのは有名ですよね」と、よどみなく説明した。

俊の脳裏に、相川家の応接間で見たピラミッドの形をした水晶の置物が浮かび上がった。

「それから」と、マダム純は説明を続ける。「水晶には、困難を克服する力や、新陳代謝を促進して細胞の再生を助ける力が宿っている、とも言われています。カットの仕方や磨き方、置き場所や祈りのこめ方によって、その力がさらに増すのです」

「克服や再生、ですか」

死んだ公也が好きだったという水晶を、姉の相川貴子は大切にしていた。彼女は、水晶のそうした力にすがって何かを成し遂げたかったのではないか。

「でも、まあ、占いは、水晶でしか行えないというものでもないですけどね」

水晶占いの効用について力説しすぎたと思ったのだろう、マダム純は、「手相占いの歴史は古いですよ」と、自分の専門に話を戻した。

「お客さんとの関係についておうかがいします」

彼女のおしゃべりが始まる前に、質問を切り替える。「占った相手から本名や住所を聞かれたりすることはあるんですか？」

「ありますけど、教えません。トラブルになりそうなときは、会社に解決してもらいます」

「手紙をもらうことは？」

「会社宛てにきますね」

「どういう内容のものがありますか？」

「いろいろですよ。こういう仕事ですから、あなたの占いが当たってハッピーです、と感謝するものもあれば、逆に、全然当たらなかったじゃないか、金返せ、バカ、死ね、とこちらを罵倒するものもありますね」

マダム純は、それが彼女の個性なのか、汚い言葉を無表情のまま答えた。

「手紙は会社宛てにくるのですか？」

「そうです。会社でチェックして、それぞれスタッフに渡しますが、ひどい内容のものは握り潰してくれますね。スタッフのやる気に影響しますから」

マダム純は、占い師仲間をスタッフと呼んで、そう答えた。

「いい内容のものは本人に渡すのですね？ そういう内容の手紙を受け取られたことはありますか？」

「ありますよ。『あなたの言うとおり、結婚を思いとどまってよかったです。あとで彼が二股かけていたことがわかったんです。ありがとうございました』ってね」

「差出人の名前はありましたか？」

「それは……なかったと思いますけど、中には、はっきり書かないと届かないと思う人もいるのか、住所や氏名を書いてくる人もいますね。もちろん、占うときは、姓名判断は別として、こちらは本名なんか聞きませんけど」

＊

「さっきの占い師、井垣さんが結婚について相談したがっていたのを見抜いたじゃないですか」

ビルの外に出ると、戸部が少しからかうような口調で俊に言った。

「このくらいの年齢の男が行けば、相談内容は結婚、と決まっているんじゃないですかね」

と、俊は言い返し、左手を戸部の前に突き出した。「占い師ってやつは、ほら、左手薬指をまず最初に確認するでしょう」

「そうですかね」

懐疑的な俊とは対照的に、戸部の占いに寄せる信頼度は高いらしい。妻の影響もあるのかもしれない。結婚指輪のはまった自分の左手薬指を見て、首をかしげている。

「ファンレターの件、占い師を派遣している出版社に確認してみましょう。戸部さんは、そっちへ行ってください。ぼくは、堂本悠子の上司の件で動きます」

「まだ、いまの段階では、上はゴーサインを出しませんかね」

戸部が不服そうな表情をした。捜査上の相棒である。戸部にだけは、堂本悠子の上司、峯村道子の失踪（しっそう）について話してある。

「確証が得られていないんです。相川貴子と被害者四人との接点、それが確実に得られない限り、MMの次にIIが狙われる、といくら言い張っても、憶測の域を出ない、ゲームのような思いつき、で終わってしまいます。峯村道子は四十五歳で離婚歴あり。

いままでの被害者像とかけ離れています。関連性を訴えるには、一つでも確かなものを入手しないと説得力がありません。たとえば、芳村曜子が独身時代に相川貴子に水晶で占ってもらっていて、結婚できたお礼として手紙を送った記録が残っているとかね」

「わかりました。出版社の次に、また相川貴子の家を回ってみます」

言うなり、戸部がきびすを返した。

4

火曜日になっても、峯村道子の行方は依然としてわからないままだ。悠子は仕事が手につかず、何らかの手がかりを得ようと、失踪した上司の机の周辺を探していた。同僚の山下直子も総務課の玉木奈美も一緒だった。

峯村道子の家族はニューヨーク在住の弟だけだが、警察に捜索願を出すために、いちおう彼には姉が失踪したことを国際電話で伝えた。実際に警察に提出したのは、婚約者の仁科である。

「結婚相談所で、仁科さんと出会う前に誰かに言い寄られていた可能性はないの？」

机の引き出しを調べ終えた悠子に、山下直子が聞いた。

「そういう話は、三人で食事をしたときには出ませんでした」

神楽坂での食事風景を振り返りながら、悠子は答えた。山下直子は、結婚相談所での三角関係のもつれの可能性を考えているようだ。

「峯村課長と仁科さんは、熟年男女専用の結婚相談所で出会ったんですよね。ええっと、何でしたっけ」

「ブライダル・マチュア」

と、悠子は、玉木奈美に向かって言った。「マチュア」は、英語で「成熟」を意味する。アラフォー世代以上の男女を対象とした結婚相談所のようなもので、離婚歴がある者や子供がいる者も数多く登録している。仁科に聞いたら、彼が入会したのは去年で、峯村道子は二年前に入会したという。

「お互いに人生の伴侶がほしくなったんですよね。もう少し年を重ねたとき、一緒に旅行したり、一緒に映画を観たりするパートナーがいたらどんなに楽しいか。定年後の夫婦が散歩している姿を見て羨ましくなったのが、入会のきっかけでした」

と、仁科は、電話で入会の動機を話してくれた。「彼女も似たような理由でしたが、こうも言いましたね。『フルボトルのワインは一人には多すぎる。飲みすぎて二日酔いになってしまう。二人で半分ずつ飲めばちょうどいい。だから、ワイン好きのパートナーがほしい』と」

「やっぱり、その『マチュア』に、失踪の謎が隠されていますかね」

袖机の中のものを調べながら、玉木奈美がため息をついた。「それにしても、峯村課長、ワインが好きですね」

「本当にそうね」

机のブックスタンドに三冊並んだワインに関する本を抜き出して、山下直子も言った。

「ワインアドバイザーの資格を取りたい、と言っていたから、暇さえあれば本を読んで勉強していたんでしょう」

そう言って、悠子は一冊を手に取った。『ワイン事典』というカラーページの多い分厚い本だ。机の中からもワインの品種や産地に関する記事の切り抜きや、食べ歩いたレストランのカタログや名刺などがごっそり出てきた。

「仁科さんとの新婚旅行も、フランスとかイタリアなんかを考えていたのかな。シャンパンで有名なシャンパーニュ地方って、フランスにあるんでしょう?」

「ワイン、か」

玉木奈美の何げない言葉が悠子にヒントを与えた。「どうして、日曜日に外出するのに、峯村課長は仁科さんを誘わなかったのかしら」

井垣がマンションの防犯カメラの映像を分析したところ、午後三時半にエレベーターに乗った峯村道子の姿が確認されたという。

「交際中だからって、休日のたびに会わなくてもいいわけだし」

山下直子はそう返したものの、首をかしげた。「婚約中でアツアツなんだから、出かける前にメールくらいしてもいいけどね」

「峯村課長は、仁科さんに内緒で出かけたかったんじゃないかしら」

「どういう意味ですか」と、玉木奈美。

「誰かに誘われたけど、仁科さんには秘密にしたい場合」

「男……ですか？　なわけないか」

「峯村課長もそうだけど、仁科さんもワイン好き。ワイン愛好家にとって垂涎（すいぜん）のものって何かしら」

「すっごく高いワインじゃないですか」と、玉木奈美が即答する。

「たとえば、ロマネコンティとか？」

銘柄を口にしたのは、山下直子だ。

「それって、どのくらいするんですか？」と、玉木奈美が聞く。

「一本、三十万から百万くらいするんじゃないかしら」

山下直子が答えると、「うっそー」と、玉木奈美は悲鳴に近い声を上げた。

悠子は、『ワイン事典』の目次でその銘柄を調べてページをめくり、読み上げた。

「ドメーヌ・ド・ラ・ロマネコンティ社が単独所有するフランスのブルゴーニュ地方、ヴォーヌ・ロマネ村にある約一・八ヘクタールの特級格付けのピノ・ノワール種のぶどう畑で産するぶどうで作ったワインで、年間四百五十ケース、約六千本しか販売されない」

「そんなワイン、一生飲めないですよね」

と、玉木奈美が山下直子に同意を求めた。

「たとえば、誰かが電話で『ロマネコンティが手に入ったから取りに来ない？　いきなり婚約者にプレゼントしたら喜ばれるわよ』と言って誘ってきたら、峯村課長はどうすると思います？」

「行きますよね」

「行くわ」

と、玉木奈美と山下直子が同時に答えた。

5

『ブライダル・マチュア』は、東京駅近くの丸の内のオフィス街にあった。全国各地に結婚式場を持つ大手のブライダル・サロン会社の一部門のようで、フロア内に赤い絨毯が敷き詰められた専用の部屋が設けられていた。

「事件の捜査にご協力願いたいのですが」

警察手帳を提示すると、受付の女性が「お待ちください」と奥に行き、細身のスーツを着た上司を伴って現れた。

「室長の新見と申します」

笑顔で刑事に名刺を渡し、「こちらへ」と、観葉植物がいくつも並んだ向こうを指し示す。

俊は、案内されたグレーのソファに座った。絨毯の赤が映えるように配慮したのか、家具類はすべてグレーで統一されている。

「事件といいますと、例の……結婚相談所が関係した殺人事件ですか？」

新見のほうから質問してきた。長身ではないが、姿勢のよさが特徴の男だ。年齢は俊とさほど変わらないのかもしれない。

「無関係ではありません」

と、俊は答えた。千葉県で遺体が発見された木村京美と都内で殺害された市川郁子は、同じ結婚相談所の会員だったため、この業界では神経質になっているのだろう。

「『マチュア』の会員さまは、どなたも身元が確かな方ばかりで、そういう事件にかかわるとは……」

新見の笑顔がこわばっている。当社は無関係です、と言いたいのだろう。

「しかし、どんなに気をつけていても、事件に巻き込まれることは誰にもありますからね」

俊が言い返すと、

「ええ、まあ」と、新見は曖昧（あいまい）に答え、肩を上下させた。

「熟年男女が対象ということですが、具体的に何歳くらいからが対象なんですか？」

「いわゆるアラフォー世代から、とこちらでは想定していましたが、現実にはもう少しお若い方の入会希望もありまして。大体、三十七歳くらいからのご入会となりますか。もちろん、入会に際しては慎重に審査させていただいています」

よくある質問なのかもしれない。新見はすらすらと答えたが、眉根（まゆね）を寄せた表情は曇っている。

「ほかに比べて、入会金などはお高いのですか？」

いちおう仁科からの聞き取りで調べてあるが、確認の意味で新見に質問する。

「離婚歴のある方とはいえ、社会的な地位の高い方もいらっしゃいますからね、それなりの設定にはさせていただいています。男性会員には、会社役員やお医者さま、弁護士さんなどがいらっしゃいます」

そういう社会的地位の高い男性には若い女性もあこがれる気はするが、離婚歴があったり、子供がいたりすると、やはり敬遠されるものなのだろうか。聞いてみたかったが、結婚に必要以上に関心があると思われるのも癪(しゃく)だ。時間的余裕もない。

「実は、ある女性がこちらの会員になっているかどうか、知りたいのですが」

肝心な用件を切り出す。

「ある女性とは？」

「できれば、直接、名簿で確認したいのですが」

相川貴子の名前を公表すべき段階ではない。

新見はしばらく考えていたが、「わかりました」と立ち上がった。「画面でご確認ください」

俊は、別室に連れて行かれた。室長の部屋のようで、光沢のある大きなデスクと革の肘掛け椅子の後ろの壁にはヨーロッパの古城を描いた油絵が飾ってある。

「少しお待ちください」

室長みずからパソコン画面を操作している。三十秒もしないうちに「どうぞ」と、画面を示された。

女性名ばかり、人名がずらりと縦に並んでいる。あいうえお順なので、マウスをわずかに動かしただけで、すぐに結果は判明した。

相川貴子の名前はなかった。

「退会した会員はわかりませんか？」

「ここにあるのは、過去五年以内の会員の方々の名前です。現在会員でない方は、右側にチェックがあります」

これがすべてか。いずれにせよ、相川貴子はここ五年間、『ブライダル・マチュア』の会員にはなっていないということだ。ここを通じての峯村道子との接点はない。

「会員以外に、何かの集まりに参加される方はいますか？」

バスツアーなどの企画が人気を集めている、という結婚相談所のケースを思い出した。

「それはありますよ。会員の方の紹介があれば参加できるイベントもあれば、結婚式場に併設されたレストランを通しての申し込みを受け付けるイベントもあります。そういうイベントに参加してみて、会員になられる方もいます」

イベントに参加するだけで、会員にはならない者もいるという意味だ。俊の胸は高鳴った。

「過去の参加者の名簿はありますか？」

「それは、こちらに」

と、新見の視線はパソコン画面を離れ、デスクの引き出しへ移った。アルバムのような表紙のファイルを取り出すと、「ご覧になりますか？」と閲覧を促す。

陶芸ツアー、イチゴ狩りツアー、江戸切子体験、パステル画体験、とイベントごとに見開きのページに写真入りの記事がまとめられている。

過去にさかのぼって何枚かめくり、ある箇所に俊の目が釘付け（くぎづ）になった。

「ワイナリーツアー」

そのイベントの参加者の中に見憶え（みおぼ）のある名前がある。

相川貴子と峯村道子の二人だ。男性の氏名欄には、仁科の名前は見当たらない。二年前のツアーだから、仁科はまだ会員になっていなかったのだ。

「この『ワイナリーツアー』というのは、どんなものなのですか？」

心臓の鼓動が速まるのを感じながら、俊は問うた。

「ああ、それは、ワイン好きな方々には大人気の企画です。日本のワインといえば、山梨県の甲州ワインが有名ですが、甲府のワイナリーを訪ねて見学したり、新酒の試飲をしたり、ワイン作りの工程を学んだりするものです。バスで参加していただきます」

新見はにこやかに説明したが、ふっと表情をかげらせて、「どなたか気になる方がいらっしゃいましたか？」と聞いた。

「いえ、別に」

俊は、新見に礼を言うと、急いでその場を立ち去った。

見つけた！　心の中では快哉を叫んでいた。峯村道子と相川貴子の接点は得られた。だが、と心の重たさも同時に感じていた。峯村道子は、明らかな「被害者」とはまだ言い切れない。相川貴子との接点がほしいのは、ほかの四人の被害女性なのである。

6

連絡を取り合って、相川家の前で戸部と待ち合わせた。庇と外灯のついた門扉は閉まり、木戸にも鍵がかけられている。

「さっき、家政婦の林が買い物に行きましたけどね、あの女の口の堅さは尋常じゃないですね」

戸部が渋い顔で報告した。「彼女の出勤日などについて尋ねたんですが、『相川家の方の許可を得ない限り、何も話せません』の一点張りで。相川貴子に口止めされているのかもしれません。あるいは、規定料金のほかに、個人的に口止め料をもらっているのか。名古屋で事件があった日、相川貴子が外出したかどうか、確認したかったんですけどね」

「そうですか」

俊は、無駄だとは思ったが、門柱に取りつけられた呼び鈴を押してみた。応答はない。

「中にいても、居留守を使っているのかもしれません。家政婦にも口止めしているくらいですから、任意での聴取は頑として受けないつもりなのでしょう」

そう言って、戸部は木戸を叩くまねをした。うっぷんを晴らしたかったのだろう。

「占い師を派遣している出版社のほうは？」

苛立ちを隠せない戸部に尋ねたが、結果はわかっていた。

「ファンレターは占い師本人に渡しているそうですが、控えてはいないそうです。吉魔世宛てのファンレターも同様です。そこまで、厳密に管理する気はないのでしょう。あそこは雑誌も出しているので、読者からのファンレターは相当な数になるようで。いちいち憶えていないそうです」

「そうですか。こちらには、いい報告が一つあります」

落ち込んだ様子の戸部に俊は言った。「相川貴子は、二年前に、『マチュア』が企画したワイナリーツアーに参加しています。そこには、会員の峯村道子も参加していました」

「じゃあ……」

戸部が息を呑んだ。

「そこで、連絡先を教え合った可能性はありますね。相川貴子が峯村道子から名刺をもらい、『わたしは名刺を持っていないんです』と、自分は渡さなかったかもしれません。いずれにせよ、相川貴子から峯村道子に連絡する手段はあった、ということです」

「すごい収穫ですね」

大きくうなずいた戸部は、しかし、次の瞬間、暗い表情に変わった。「しかし、これだけの状況証拠では、峯村道子の身に危険が及んでいる、と上に理解させるのは無理かもしれません。相川貴子に『たまたまツアーに参加しただけです』と言われてしまえば、それ以上何もできません。二人が接触したという証拠はないですからね」

「理解してもらえようともらえまいと、突きつけるしかない。家政婦のほうは、林が登録している会社に勤務状況を聞いてみましょう」

「そっちは、ほかの班に当たらせています」

戸部が言った。

第九章　再生

1

「思いつきを言っていいですか？」

　向かい合って座るなり、堂本悠子は、咳き込むような勢いで切り出した。

「どうぞ」と、俊はうなずいた。

「成人女性の失踪は、扱いがむずかしいのはわかっています。自分の意志で家を出た、と見なされる場合が多いですから。峯村課長がいなくなって、もう三日目です。最悪の事態も考えないと、と覚悟はしていますが、最後まで希望は捨てずにいたいのです」

　堂本悠子は、気持ちの整理をつけるようにそう前置きした。

　本部に戻ると、堂本悠子が俊を待ち構えていた。話があるという。俊は、生活安全課の部屋を借り、そこに不安げな表情の彼女を通したのだった。

「峯村課長は、高級ワインにつられて、犯人に誘い出されたのではないでしょうか」

「高級ワイン？　どうしてそう思うんですか？」

峯村道子と相川貴子を結ぶキイワードは、まさにそのワインである、と判明したばかりだ。俊は、堂本悠子の勘のよさに驚嘆した。

「何か手がかりがないか、と峯村課長のデスクを探したんです。出てきたのは、ワインに関する本やカタログばかりで。もし、誰かがロマネコンティのような超高級ワインをプレゼントする、と電話してきたら、喜んで出かけて行くのではないか。そう閃いたんです」

「なるほど、ロマネコンティですか」

名前くらいは知っている。一生、自分とは縁のないワインである。

彼女がこの言葉を口にするのは、これで三度目だ。

「考えすぎでしょうか」

「いや、そうは思いません」

と、俊はかぶりを振った。「関係者として、堂本さんにはお話ししましょう。安藤亜衣里さんも犯人に誘い出された可能性が高いんです。亜衣里さんは、都内のステンドグラスの教室に通っていました。ご主人に内緒でステンドグラスの小物を作り、誕生日にプレゼントして驚かせるつもりでした。教室の講師に製作途中のフットランプも見せてもらいました。その教室では体験教室も設けており、見学のみも受け付けていました。記録は残っていませんが、そこに犯人が顔を出していた可能性はあります」

「じゃあ、そこで亜衣里さんと知り合って、何かを餌にして誘い出したという意味ですね？」

「その可能性は、充分考えられます」

俊がうなずくと、堂本悠子の目が輝いた。

「たとえば、高価なガラスでしょうか。こういう仕事をしているので、ガラスの種類についても少しかじったことがあるんです。ステンドグラスに使うガラスにもいろいろあって、輸入ガラスなどは高価ですし、色によって入手しにくいものもあります。ご主人へのプレゼントを作るために、亜衣里さんがガラスにこだわっていたとしたら、『希少価値のあるガラスが手元にあるんだけど』などという言葉に魅せられて、犯人の家に行ってしまうかもしれません」

「考えすぎではないですよ」

俊は、そう言葉を返した。あなたは、民間人にしておくには惜しい人材です、という本音は言わなかった。言わないかわりに、堂本悠子の誠実さと勘のよさ、さらに行動力に敬意をこめて、情報を与えた。「さっきのワインの件ですが、峯村道子さんは二年前に、『ブライダル・マチュア』のワイナリーツアーに参加しています。そこに、ある女性も参加していたことが判明したんです」

「それは……」

堂本悠子の目が大きく見開かれた。「相川公也さんの関係者……ですよね」

「ええ」

死んだ相川公也に寝たきりの母親と、その介護に当たる姉がいるのは彼女に伝えてある。

「相川公也さんのお姉さん、なんですね」

堂本悠子は、自分の胸に言い聞かせるようにつぶやいてから、ハッと顔を上げた。

「だったら、峯村課長は相川家にいるんじゃないでしょうか。相川公也さんとお姉さんの関係はわかりません。でも、お姉さんが犯人だとしたら、その動機は弟の過去にあるはずです。違いますか？」

俊が彼女の興奮を受け止め切れずにいると、「だめなんですね」と、堂本悠子は諦（あきら）めた口調で言い、その諦めを振り払うようにたたみかけた。「それだけの関係では、まだ家宅捜索の令状は取れないのでしょうか。相川家と被害女性たちとの関係が明らかにならない限り、手をこまねいているだけですか？　相川家の玄関を叩き破って、踏み込むことはできないのですか？　一刻も早く、峯村課長を捜し出してほしいのに」

俊は、唇を噛み締めるしかなかった。確約する言葉を返せない自分がもどかしい。犯人の狙いは、六つのアルファベット「ＫＩＭＩＹＡ」に含まれる頭文字の女性、という手がかりを与えてくれたのも堂本悠子である。

「じっと待つしかないんですね」

大きな吐息を漏らして、堂本悠子は席を立った。帰ろうとしたが、ふっと振り返ると、「そうだ、井垣さん」と思い出したように言い添えた。「わたしの兄、結婚して奥さんの姓になるんです。竹川隆。男の人も結婚によって、Ｗイニシャルになることもあるんですね」

2

捜査会議はすでに始まっている。会場に入り、後列の戸部の横に着席すると、「新たな情報が入りましたよ」と、戸部がメモ書きを俊に渡した。「中山周平　レンタカー二日」とある。

「本当か？」

全身に電気が走ったような感覚が生じた。

「安藤亜衣里の遺体が発見された日と、千葉で木村京美の遺体が発見された五日前、その二日借りています。車両の捜索も始まっています」

戸部が小声で答え、『占いのお部屋』と『ブライダル・マチュア』に関しては、わたしから報告しておきました」とつけ加えた。

俊は、机の下に隠した拳で小さくガッツポーズを作った。中山周平が相川貴子の協力者であれば、筋は通る。遺体の運搬は、車が運転できる中山周平がしたはずだ。レンタカーの件でやつを引っ張り、追及すれば、相川貴子にたどりつける。

「同僚の話では、行方不明になった日の夕方、木村京美は誰かと待ち合わせしている様子だったと言いますが、具体的にどこで誰に会ったのかはまだわかっていません」

木村京美の事件に関しての報告に続いて、相川公也が大学卒業後に勤務していた会社の関係者から事情聴取をしていた捜査員が席を立った。

「相川公也は慢性腎炎を患っていましたが、透析の担当医からようやくくわしい話を聞き出すことができました。守秘義務に忠実な医者がいましてね。担当医は、ある大学病院を彼に紹介したそうです。腎臓移植のために、です」

「それって……」

何かに思い当たった様子の戸部が俊の顔を見るなり、俊も直感した。

「相川公也は、姉の貴子から腎臓を一つもらっています。つまり、生体間臓器移植ですね」

捜査員が続けた言葉は、俊が予想したとおりの内容だった。

「中山周平が突破口だな」

と、須山管理官が言い、議題を次へ進めるために身を乗り出した。

「待ってください」

挙手とともに、俊は立ち上がった。「加えて報告することがあります。少しでも早く相川家に踏み込むために。最近、都内でロマネコンティを購入した人間は、一体、何人いるでしょう。一本何十万もする高級ワインです。相川貴子が自宅周辺、いや、銀座界隈で高級ワインを購入したかどうか、またはデパートに配達させたかどうか、すぐにでも調べてほしいんです。一昨日失踪した峯村道子は、相川貴子に高級ワインを餌に誘い出された可能性があります。同時に、相川貴子は、ステンドグラス用の高級ガラスをどこかで入手した可能性も大いにあります。それから、もう一つ。これは、緊急を要するお願いです。全国の既婚女性に注意勧告を出してほしいのです。姓名の頭文字がＩＩの女性に。『次に狙われるのはあなたです。気をつけて。一人で出歩かないように』とね」

訴えながら、俊の脳裏にはもう一つ何かが引っかかっていた。堂本悠子にぶつけられたひとこと。そうだ、「男の人も結婚によって、Ｗイニシャルになることもあるんですね」というあれだ。

3

勘づかれて逃げられてはたまらない。大宮の店に出るまで待ってもいられない。さいたま市岩槻区の中山周平のアパートには、俊を含めて五人の捜査員が急行した。劇団の稽古場にいる可能性も考えられるため、そちらにも捜査員を送った。

ウィークリーマンションと古いアパートに挟まれて窮屈そうに建つ二階建てアパートに、中山周平は住んでいた。二階の西側で、階段からいちばん遠い。

逃走を恐れて、ベランダ側の道路と表に面した道路に捜査員が立つ。

任意同行を求めるつもりで、俊は玄関の呼び鈴を鳴らした。隣の戸部が、気持ちを整えるかのように深呼吸をした。

「はい」

二回目の呼び鈴を鳴らすと、ドアの向こうで眠そうな声が上がった。中山周平は在宅していた。ときには早朝に至る仕事のため、出勤間際まで寝ているのかもしれない。

「警視庁の井垣です」

名乗ると、薄いドアを通してさえ、男の息を呑む気配が伝わってきた。事情を察したのか。

「何ですか」

不機嫌そうにドアを開けたが、その目は怯えを宿している。

「二日間、レンタカーを借りているね。レンタカー会社にも確認済みで、いま当日の車両を調べている。人間、どんなにきれいにしたつもりでも、髪の毛一本、血痕一滴は見落としてしまう」

視覚的に突きつけたほうが効果的だ。俊は、市販のスケジュール帳から破り取ったカレンダーを見せた。中山周平がレンタカーを借りた日に丸印がついている。髪の毛や血痕が検出されたという報告はまだないが、重要参考人を前にしてのいつものはったりだ。

「どういう日なのか、わかっているね」

彼の反応を待っていると、通路の背後をアパートの住人が通った。学生風の男で、怪訝そうにこちらを見てから階段を下りて行く。

「ここで話すのはやばいっすね」

と、中山周平はいまどきの若者の言い方で応じた。職場であるダイニングバーでは、意識的に若者言葉を使わないようにしているのだろう。「したくしますから、どこかで話せませんかね」

「逃げようとしても無駄だよ。表にも裏にも捜査員がいるからな」

と、戸部が少しだけ凄みをきかせた声で脇から言った。

「じゃあ、車の中で」

俊は言った。本部に連れて行く途中で話を聞いてもいいだろう。ドアを細く開けたまま、中山周平が着替えるのを待つ。

五分で、彼はしたくを整えた。革ジャンに黒いジーンズ。こんなときでも、自分に似合う服を選ぶのは忘れないようだ。捜査車両の後部座席に、刑事二人で挟むように乗り込む。戸部、中山周平、俊の順だ。

「俺じゃないですよ。俺は殺ってないです。俺はただ、頼まれて運んだだけです」

車が発進すると、すぐに中山周平は告白した。あっけなさすぎて、肩透かしを食らった気分だった。

「相川貴子に頼まれたのか?」

「はい」

「共犯じゃないのか?」

「違いますって」

中山周平は、両手をぶるぶると大げさに振ったが、そのしぐさは芝居がかったものに見えた。「だから、運んだだけだって。芝居のチケットを大量に買ってもらう約束で。前金だってもらってたし。ノルマがあるんですよ。チケットをさばかないことには、次の公演につながらないんです」

「遺体を運んだという認識はあるんだろう?」

「わからないっす。ブルーシートにくるまれてて」

「うそつけ。二度も運べば、気づかないはずないだろう」

つかんだ腕をねじりあげると、いたたた、と中山周平は顔を歪(ゆが)め、「気づいたときは、もう遅かったです。金をもらってたから」と、白状した。

「遺体を遺棄したのは認めるんだな?」

はい、と中山周平がうなずくのを待って、俊は捜査本部に連絡した。急いで家宅捜索の令状を取ってもらう。相川家の前で待機している捜査班がいる。

「相川貴子とは以前からつき合っていたのか？」

連絡を終えて、質問を再開する。

「つき合ってなんかいませんよ。相川の姉貴ってだけの関係で。学生時代、あの家に遊びには行ってましたからね。恐ろしく大きな家です」

「じゃあ、何で彼女に協力したんだ」

「相川が自殺したと知って、もうあの家との縁は切れるかなと思ったけど、何となく気になって……」

「資産家だからか？　で、接近してみようと思い立ったのか？」

後ろ暗さを隠すようにうつむいた彼の表情から、俊は察した。

「まあ、そんなとこっすね」と、中山周平は認めた。

「どうやって接近したんだ？」

「最初は、ちょっとした好奇心でしたよ。遊び半分というか。今年になって、公衆電話からかけてみたんです。様子をうかがうつもりで。電話にあいつの姉貴が出たから、あせって黙っていたら、しばらくして『公也でしょう？』って。鳥肌が立ちましたよ。だって、相川は死んでいるはずなのに。ゾッとしたけど、興味も湧いて、また何日かたって電話してみたんです。今度も黙っていたら、やっぱり、『公也でしょう？』って。だから、『うん』って答えてみたんです。そしたら、あいつの姉貴、相川貴子は、『もう少しなのね。もう少ししたら戻って来るのね』って、興奮ぎみにしゃべり出して……。怖くなって、切っちゃいましたけどね」

「もう少ししたら戻って来るのね、そう言ったんだな？」

この世に戻って来る、生き返る、という意味だろうか。俊の背筋も寒くなってくる。戸部を見ると、気味悪いですね、というように眉根（まゆね）を寄せている。

「ええ、そう言いました」

すべておしまいです、と言いたげに、中山周平は激しくかぶりを振った。「あの女、頭がおかしいんです。相川は生き返る、と思い込んでいるみたいだし、水晶と会話できるようなことを言うし」

「しかし、おまえは、相川貴子に協力した。彼女の資産を狙えると思ったんだろう？」

「そうですよ。俺みたいに好きな役者の仕事をして、自由きままに生きたい男にとっては、あいつの姉貴みたいな資産家がパートナーとして適任者なんですよ。ドラマだって小説だって、そういう組み合わせ、腐るほどあるでしょう？　アラフォーの金持ちの女と俺みたいなイケメン」

臆面（おくめん）もなく言ってのけて、中山周平は大きく舌打ちをした。「あの女がもっとまともでいてくれたら、すべてうまくいったのに」

「安藤亜衣里さんの遺体を駐車場に捨てたのは？」

「相川家から近かったから。怖くて長距離運転なんかできないっす。あの駐車場なら、どこに防犯カメラがあって、どの辺なら映らないか、わかってましたからね」

「木村京美さんの遺体は、なぜ千葉まで運んだんだ？」

「二度続けて近場には捨てられませんよ。Nシステムに引っかからないルートでなるべく遠くといったら、あそこになったわけで」

「相川貴子は、犯行について何かおまえに言ってなかったか？」

「二人の遺体を運んだあとは、一切、こっちから連絡はしてませんよ。怖くてね。無言電話もしていません」

脳裏に悪夢のような映像が押し寄せてくるのだろうか、中山周平は、それらを追い払うように頭を激しく振った。

「相川貴子が水晶と会話できる、というのは？」

「それは……『頼みたいことがあるの』と言われて彼女の家に行ったとき、『水晶がすべてを教えてくれた。光の向こうに公也の顔が浮かんだ。いろんな文字も一緒に浮かんだ。公也がわたしに助けを求めている。再生したいと言っている』とか何とか、わけのわからんことを口走っていたから」

そう語ると、中山周平は虚脱したように肩を落とし、「何か飲ませてくれませんか？　ペットボトル、持って来なかったもんで」と、飲み物を要求した。

前の席からお茶のペットボトルが差し入れられた。中山周平は、貪るようにお茶を飲んでいる。

そのとき、俊の携帯電話が鳴った。本部からの報告だった。家宅捜索の令状を見た家政婦の林が捜査員たちを敷地内に入れたが、相川貴子は家にはいない、外出した、と伝えたという。相川貴子に頼まれて高級ワインを買ったことは、すんなりと認めた。ただし、ロマネコンティではなく、シャトーマルゴーだった。飲んだことはないが、こちらの高級ワインも名前くらいは俊も知っている。

「敷地内には離れがあって、そこには絶対に立ち入るな、と指示されているとか。林は、口止め料、立ち入り禁止料込みで、かなりの金額をもらっていたようだな。離れには蔵のような部屋があって、重たい扉の南京錠が開かない」と、いらついた声の報告が続いた。

4

「ここは、サッカーの試合があるときはファンで賑わうお店ですよ」

と、玉木奈美が店内のインテリアを観察している悠子に解説した。

細長いカウンターにテーブル席がいくつもあるごく普通のレストランバーに見えるが、壁に設置された大きなスクリーンが目を惹くスポーツバーだ。ワールドカップの試合があるときなどは、試合の様子がワイド画面に映し出され、店内は同じユニフォームの客でいっぱいになるのだろう。

「やけに人が多いですね。それもわたしくらいの女性が」

まわりを見回して、玉木奈美が声を落とした。「まさか、みんな、Wイニシャルってことはないですよね」

「それはないでしょう」

赤のグラスワインを飲んで、悠子は言った。テーブルの上には、ミックスピザとシーフードサラダがひと皿ずつ載っている。玉木奈美が飲んでいるのは、グレープフルーツサワーだ。

「とてもじゃないけど、今夜は一人で過ごせません。堂本さん、朝までつき合ってくれませんか？」

誘ってきたのは玉木奈美だったが、悠子も家で一人で過ごす気分にはなれずにいた。峯村道子のことが気がかりだった。できれば、相川公也の家の前で待ちたい。しかし、それでは井垣たちの捜査の邪魔になる。

玉木奈美が知っている有楽町駅近くのスポーツバーに入り、二人で待機することにしたのだった。始発電車が動く少し前まで営業している店だ。

「わたしが玉木奈美でNT、堂本さんが堂本悠子でYD、どっちも半額にはなりませんね」

入店する前にわかりきっていた条件なのに、玉木奈美は悔しげに言った。

「連続殺人事件だっていうのに、どうしてそれを利用するお店が出現するのか」

理解できない、と続けて、悠子は首を振った。店の前の看板には、「Wイニシャルの女性は半額」と書かれていたからだ。その上、「WイニシャルIIの女性は無料！」とまで、赤い太字で書かれていた。

「それは仕方ないですよ。いまは、メディア社会だし。それに、不況だから、どんなことでも利用したいお店の気持ちはわかりますよ」

玉木奈美が肩をすくめて言う。「でも、姓と名前のイニシャルがIIのダブルになる女性って、少なくないですか？　殺された女性は、市川郁子でしたっけ。ほかに、どんな名前がありますか？」

そう聞かれて、悠子は改めて、その条件にあてはまる姓名を考えてみた。石田、伊野、飯田、岩岡、五木、井村、壱岐、池田、石川、五十鈴、磯村……と、苗字はすらすらと頭に浮かんだが、女性名となると、とっさには浮かばない。漢字もあてはめにくい。

「いくこ、いくよ、いちこ、いよ、いとこ、いまり、いさこ、いら……。ありそうな名前は少ないわね」

悠子は言った。少なくとも、自分の知り合いには「い」から始まる名前を持つ女性はいない。苗字であれば、いまの悠子の頭に即座に浮かぶものがある。「井垣」だ。井垣俊。峯村道子の失踪に関して、何らかの進展があったら連絡が入ることになっている。

「少ないということは……」

気がついたら、悠子はひとりごとをつぶやいていた。見つけにくいということだ。相川貴子は、最後のターゲットであるWイニシャル「II」の既婚女性を容易には捜せないかもしれない。それに気づいて、悠子の胸にわずかな希望が生まれた。

「何か言いました？　とにかく、警察庁があんな発表をすれば、みんな、俄然(がぜん)、興味を惹かれますよ」

玉木奈美は、いまは何も映し出していないスクリーンに視線を投げた。

それもそうだ、と悠子は大いに共感した。連続殺人事件に関して、夕方のテレビのニュースで、警察庁長官名での異例の発表があったのだ。

「捜査線上に重要参考人が浮上しているが、その人物は、次に姓名の頭文字にＩＩを持つ既婚女性を狙っている可能性が非常に高いと思われる。英語表記、すなわちローマ字で書いたときの頭文字は『ＩＩ』で、ひらがな表記では『いい』。その条件にあてはまる既婚女性は、なるべく一人で出歩かないように。充分、身辺に気をつけるように」

そういう趣旨の注意を促す内容だった。

「外出禁止令なんて、前代未聞ですよね。しかも、既婚女性に限って、なんて」

その条件にあてはまらない玉木奈美も「怖いですよね」と、身を縮めながら言う。

「どんな頭文字を持っていようと、結婚している女性なら誰でも怖くなるわよね」

悠子は、近くのテーブルに目をやった。そこも女性二人の席で、耳を澄ませると、話題にしているのは、やはりＷイニシャルについてだ。

「それにしても、あの山下さんに恋人がいたなんてね。全然、そんなそぶり見せなかったのに」

シーフードサラダのいかにフォークを刺しながら、玉木奈美がおもしろくなさそうに言った。山下直子も誘ったのだが、「今日は彼のところに行くわ」と断られたのだった。

「こういう事件が続くと、女の結婚願望も強まるものかしら。誰かに守られたいって気持ちが強くなるでしょう?」

玉木奈美がため息をつく。

「もうじき決着がつくと思う。終わってもらわないと困るわ」

おいしそうにワインを飲んでいた峯村道子の笑顔を思い出して、悠子はそう返した。井垣俊が何とかしてくれる。彼の力を信じている。

5

碑文谷中央署前で中山周平を降ろし、あとを戸部に託して、俊はそのまま捜査車両で相川貴子の家へ向かった。すでに、門扉の前には立ち入り禁止のテープが張られ、捜査員が何人も監視のために立っていた。

「離れの部屋に誰かいるようですが、扉の南京錠が開きません。応援を要請したところです」

中山周平を連行したことを告げると、敷地内の本部捜査員がそう報告した。専門家を呼んで、鍵開けに挑戦中なのかもしれない。

部屋にいるのは峯村道子であってくれ、生きていてくれ、と祈る思いで俊が向かったのは、離れではなく、玄関を入って右手、廊下の突き当たりのドアの向こうにある相川貴子と公也の母親の部屋だった。前回、相川貴子に案内された応接間とは反対方向だ。

ドアの手前で、あの異質な匂いがした。消毒薬とアンモニアが混じったような匂いだ。このドアそのものに匂いが染みついてしまっているのかもしれない。ドアを開けると、板の間に面して和室があり、そこの襖が左右に開いて中が見渡せた。

ベッドが横向きに置かれ、ベッドの手すりにもたれかかるようにして、家政婦の林が魂を抜かれたような表情で座り込んでいる。

「あーあー」

ベッドに寝ていた老女が枯れ枝のような手をこちらに伸ばし、低くうなり声を上げた。髪の毛は真っ白で、顔や首筋にはしわが刻まれているが、目鼻立ちは整っており、品のよさが感じられる。昔はかなりの美人だっただろう、と思わせる容貌だ。

「相川静子さんですね？」

俊は確認したが、彼の声に反応したのは、座り込んでいた林だった。

「一体、何が起きたのか、お嬢さまが何をしたのか、わたしはどうすればいいのか……」

林は、俊の足下ににじり寄り、身体にすがりついた。「わたし、逮捕されるんですか？」

「あなたは、知らなかったんですね？」

林を抱き起こして、俊は聞いた。この部屋は、捜査の対象とはならず、すべてから隔絶された空間のようだ。

「わたしは、お嬢さまに言われたとおりにしていただけです。離れには一度も行かなかったんです。あそこは、お嬢さまの居住空間でしたし。鍵のかかる部屋があるのにはうすうす気づいていましたよ。『昔、お父さまが銀行の貸金庫部屋みたいな部屋を作ったのよ』と、お嬢さまが言っていたのを憶えていましたから。こちらのお父さまは、お金持ちだけど人をあまり信用しなかったみたいで。行くなと言われたので、離れには行きませんでした。何とかっていうワインも、十万円も持たされて、指示されたお店に買いに行っただけです。ときどきおこづかいはもらっていましたけど、『わたしのかわりに、一生懸命母の面倒を見てくれるあなたへのお礼だから』って。それって、いけないことですか？　罪になりますか？」

「この屋敷に男性が来たことはありませんか？　敷地内に車が乗り入れられたことは？」

遺体の運搬を頼まれて、中山周平が二度この家に来ているはずだ。

「車が入った形跡にあとで気づいたことはありましたが、男の人に出くわしたことはありません。そういうときは、お嬢さまは意識的にわたしを外出させたのだと思います。わたしを巻き込みたくなかったのでしょう」

すがるような目で林は答えた。うそは言っていないだろう、とその目を見て俊は直感した。しかし、相川貴子の母親は……と、視線をベッドに横たわる老女に戻した。目尻からこぼれ出た涙が頰のしわを伝わって落ちる。

相川静子は、動かせるほうの手だけを顔の前に揃えて、また低くうなっている。

「奥さまは、倒れた後遺症で言葉が不自由なんです。指もうまく動かせなくて、筆談もできません。だから、何をしたいのか、何がほしいのか、そのつど、わたしが言葉にしておうかがいしているんです」

と、林が説明した。

——この母親は知っている。

俊は、そう直感したのだった。娘がしていたすべてを察している。だからこそ、不自由な手を動かし、涙を流して許しを請うているのだろう。

＊

ぎしぎし鳴る廊下を渡って離れへ行くと、貸金庫のような堅牢（けんろう）な部屋から助け出された峯村道子が担架で運ばれるところだった。

「ずっと閉じ込められていたらしく、弱っていますが、意識はあります。頭に打撲はありますが、命に別状はないでしょう」

容態を問うた俊に、救急隊員が言った。

その直後、「相川貴子を渋谷区内の店で拘束。女性を襲おうとしたところを、一緒にいた女性の夫に止められ、店員が警察に通報した」と、その場にいた捜査員に連絡が入った。

6

俊が取り調べ室に入ってから五分がたっている。目の前にいる黒ずくめの服装の相川貴子は、黙ったままだ。いままでに三人の刑事が担当を替わっている。黙秘を続けていた相川貴子は、その理由を三人目の刑事に「名前の相性が悪いから」と告げた。「ふざけるな」と、その刑事は怒鳴ったが、怒りを抑えながら「どんな名前ならいいんだ？」と尋ねると、彼女はこう答えた。

「前に家に来たあの刑事はいないの？　井垣俊といったかしら」

それで、俊が呼ばれたというわけだ。

相性がいいはずの名前なのに、相手はまだ口をきかない。

「ずいぶん名前にこだわりがあるようですね」

と、俊は攻める方向を変えた。「きっかけは、水晶ですか？　水晶の輝きには再生の力がこめられているそうですね」

「再生」という言葉に反応したのか、相川貴子は机に落としていた視線を上げた。

「水晶を通して、光がどんなふうに変化するのでしょうか。そこからあなたは、何かを読み取るんですか？　そういう能力があなたには備わっているのでしょう」

何の罪もない女性を何人も手にかけた凶悪犯罪者である。敬語で話しかける必要はないのかもしれないが、世間的には異常な論理であろうと、彼女の中には独自の世界観に基づいた論理が厳然と存在しているはずだ。それを引き出すために、あえて敬語を使ったのだ。怒鳴るのは、かえって逆効果であるとも判断した。

「もう少しだったのに」

するると、相川貴子は、ようやくつぶやきに等しい第一声を発した。

「あと一人だった、という意味ですか？」

相川貴子が身柄を拘束されたのは、渋谷区神南（じんなん）のショットバーだった。店内の女子トイレで若い女性の首を背後から紐（ひも）で絞めようとしたところ、大声を上げて抵抗された。女性は隙を見てトイレから逃げ出し、一緒に店に来ていた夫に助けを求めた。トイレから逃げようとした相川貴子を女性の夫が取り押さえ、騒ぎに気づいた店員が警察に通報したのだった。

「あの店には、インターネットの声かけによって集まったWイニシャル『II』の女性たちが、夫同伴で集まっていました。ネットでそれを知ったあなたは、渋谷のその店に行き、条件に合う女性を狙ったのですね。人が大勢集まる場所での犯行はリスクが伴います。しかし、警察庁から注意勧告が出され、みんなが警戒を強めていたので、ああする以外になかったのでしょう」

相川貴子は、まばたきせずに俊の顔を見つめている。首を縦方向に動かそうとしないが、自分の推理は間違っていないだろう、と俊は思っている。

「なぜ、峯村道子さんを離れの部屋に閉じ込めたままでいたんですか？」

先に殺そうと思えば、そうできたはずだ。

「順番どおりに決行したかったからですか？」

自分の推理をぶつけると、相川貴子はかすかに目を細めた。

「そうなんですね？　のぞきこんだ水晶の玉、いや、あなたの場合は、ピラミッド型の水晶かもしれないが、そこに浮かび上がったアルファベットの順番どおりに女性を手にかけたかった。つまり、安藤亜衣里さんのA、木村京美さんのK、市川郁子さんのI、芳村曜子さんのYという順に。そこまでは、あなたの思いは遂げられた。そして、次のターゲットはIで、最後がMだった。しかし、WイニシャルIIを持つ女性は、なかなか捜し出せなかった。それで、とりあえず、過去に知り合った峯村道子さんを誘い出し、一時的に監禁することにした。違いますか？」

「わかっているのなら、聞かないで」

相川貴子は、認めるかわりにそう言った。

「安藤亜衣里さんは、ステンドグラス教室に通っていました。ご主人にサプライズプレゼントを贈る予定で、ステンドグラスの小物を作っていたんです。あなたはその教室に見学に行き、亜衣里さんに巧みに近づいたのでしょう。手に入りにくい色のガラスで誘い出したのでしょうか。『わたしの家に来れば、あなたのほしいガラスがたくさんあるわよ』とでも言って。もしかしたら、サンプルを見せたのかもしれませんね」

入手しにくいガラスを餌に誘い出したのでは、と推理したのは、堂本悠子である。

相川貴子は黙っている。

「では、木村京美さんの場合はどうでしょう。彼女は、豊島区内の幼稚園の先生をしていましたが、そこにあなたは寄付をしていますね。園が休みの日に、郵便受けに百万円の入った封筒が投げ込まれました。添えられていた手紙には、園児の関係者からとあり、内密にしてほしい、と書いてありました。園として公にはできないような状況を作り上げ、ふたたび連絡がくるまで待ってみよう、という気にさせたのですね。数日後、あなたは、公衆電話から木村京美さんに電話をしたのでしょう。そのとき、あなたは、木村さんのクラスの園児の関係者です、公表しないでください、とお願いしたのでしょうね。さらなる寄付の可能性を匂わせたのかもしれません。木村さんは、園長にも黙ってあなたの家へ行きました。もしかしたら、手紙の中に、送り主しかわからない内容を入れたのかもしれませんね。それを電話であなたが言ったのか。あるいは、寄付したときの一万円札の番号を控えていたのでしょうか」

相川貴子は、依然として黙ったままだ。が、黙ったままでもかまわない。推理をぶつけて相手の出方を見る。そういう作戦を用いたのだから。

「名古屋の芳村曜子さんのケースはどうでしょう。芳村さんは、占い好きで、占いの内容を信じる女性だったようです。去年、銀座であなたに水晶占いをしてもらったのではないですか？『来年結婚したら幸せになる』というあなたの言葉を信じて、交際してまもない男性と結婚しました。結果的にやさしい男性で、彼女は幸せになったのでしょう。芳村さんは、あなたを派遣していた出版社宛てにお礼の手紙を送りました。そこに、新しい名前と住所が書いてあったのでしょう。芳村曜子、姓と名のイニシャルがどちらもY。あなたの条件にぴったり合う女性だった。だから、名古屋の彼女の家に行って殺した。そうですね？」

「そういう現実的な言葉は使わないで」

細い眉(まゆ)をつり上げて、相川貴子はぴしゃりと言った。

僕は、小さくため息をついた。やはり、そうだ。「殺す」という表現がこの女にはお気に召さないのだ。彼女の論理の中では、殺したのではなく、「生贄(いけにえ)」にしただけなのだろう。

「わかりました。芳村さんに犠牲になっていただいた。それでいいですか？」

「もうわかっています」と、俊は推理を展開させた。「峯村道子さんの場合は、高級ワインとして有名なシャトーマルゴーを。家政婦の林さんにワインを買いに行かせましたね。あれは、一本十万円したそうですね。峯村さんとは一昨年、『ブライダル・マチュア』のワイナリーツアーで知り合っていますね。まだ弟さんが亡くなる前でしたから、あなたも本気で婚活をなさるつもりだったのかもしれません。そのとき、峯村さんに離婚歴があり、峯村という姓は別れた夫の姓だと知ったのですね。今回、WイニシャルMMの女性を狙うと決めたとき、峯村道子さんのことをあなたは思い出した。それで、高級ワインで彼女を自宅に誘い出した。そうですね？」

相川貴子からは返事がない。

「あなたの弟さん、相川公也さんは、去年亡くなられました。自殺でしたね。あなたが狙った女性たちのイニシャルは、すべて弟さんの名前に含まれています。公也という名前をローマ字で書いてみると、K・I・M・I・Y・Aです。あなたは、自分の手で六人の女性を生贄にしたかったのです。死んだ弟さんをこの世に呼び戻すために。すなわち、それが『再生』です。ぼくの推理は間違っていますか？」

「もう少しだったのに」

と、相川貴子は、第一声と同じ言葉を繰り返した。

「もう少しであなたの願いは達成できた。弟さんをこの世に復活させることができた。水晶の再生の力で。そういう意味ですね？」

認めはしなかったが、相川貴子は、自分の行為を誇るようにわずかに顎(あご)を上げた。

中山周平がかけた電話を弟からと勘違いして、「もう少ししたら戻って来るのね」と、彼に聞いたという。

「あなたが弟の公也さんをすごく可愛がっていたのは、わかっています。小さいころから身体が弱かった公也さんです。大人になり、就職してから、慢性腎炎(じんえん)にかかってしまった。人工透析を受けながらの仕事は大変で、会社を辞めざるを得なくなった。その後、公也さんは腎臓移植の手術を受けられていますね。病院で確認しました。公也さんに腎臓を一つ提供したのは、姉のあなたですね」

生体間臓器移植である。家族のあいだで行われるケースは多いが、臓器を提供するドナー、提供されるレシピエントともに術後の充分なケアが必要とされている。

「二つ持っているものは、ほしがっている人に、迷わず一つあげなさい」

相川貴子は、お経でも唱えるように乾いた声でつぶやいた。

「それは……」と、眉をひそめた俊に、「お祖母(ばあ)さまの教えです」と、彼女は言った。

「お祖母さまには不思議な力があった。将来が見通せる力が。いろんな人がお祖母さまにすがってきた。お祖母さまは、幼いわたしに『あなたにも同じ力が宿っている』と言ったのよ。確かに、お祖母さまとわたしはよく似ていたわ。顔立ちも声も。右手も左手も、両方が利き手であることも。でも、『あなたの力を生かすには、弟を大事にしないといけない』と、お祖母さまにきつく言われたわ」

身体の弱い弟を守らせるための祖母の教えではなかったか、と俊は解釈した。

「だから、迷わず腎臓を一つ、公也にあげたのよ。それで、公也は元気になるはずだった。そう、身体は元気になったわ。だけど、心は元気にならなかった。前の会社でしていたような仕事に復帰できなかったのが、公也にはもどかしくてならなかったのでしょうね。最初は、まわりのものに当たり散らして、それから気力を失った。仕事や恋愛の失敗をすべて傷ついた過去に原因があると言い出して、『死にたい』と漏らすようになった。あの子がいないときに部屋に入ってみたら、ノートにいろんな思いが書いてあった。そこに、こういう文章があったのよ。『すべてはあそこから始まっている』ってね」

「あそこ？」

相川貴子は、過去の「あそこ」を思い出すように遠くを見る目をし、口をつぐんだ。

俊は、彼女の気持ちを推し量って代弁した。

「それは、学生時代、公也さんが安藤亜衣里さんにプロポーズを断られたことを指しているのでは？　亜衣里さんの旧姓は『松本』でした。亜衣里さんは、合コンで知り合った公也さんとデートしましたが、数回会っただけでプロポーズされて戸惑っていたようです。当時の友達がそう話してくれました。断る理由として、『結婚したら、相川亜衣里になってしまう。姓と名のイニシャルが揃うのは不吉だから』と、当時、アメリカで騒がれていた『Wイニシャル殺人事件』の話題を持ち出したんです。その理由を聞いた公也さんは納得したそうですが」

相川貴子の顔が紅潮している。死んだ弟を侮辱されたような気持ちが高まっているのだろうか。

「気力を失った公也さんは、学生時代に戻ってやり直したい、そう思ったのかもしれません。彼にとっては、その後何人かの女性と交際しても、やはり、亜衣里さんが理想の女性像だったのでしょうか。亜衣里さんと結婚してさえいれば、のちの自分の人生はずいぶん違ったものになったはずだ、病気にもならなかったはずだ、そう考えたのでしょうか」

「最高、のはずだったのよ」

と、かすかな笑みを唇の端に浮かべて、相川貴子は言った。「あのとき、公也に相談されたのよ。『松本亜衣里って子が気に入ったんだけど、お姉さん、彼女との相性を占ってくれないか』ってね。わたしの水晶占いでは、二人の相性は最高だった。二人の未来が透けて見えたわ。薔薇色に輝いていた。それなのに、断られた理由は、『Wイニシャルは不吉、不幸になるから』だった。わたしが占った限りでは、相川亜衣里という名前は強運の持ち主になるはずだったのに。いんちき占いに決まっていると思ったし、もしかしたら、公也がその女に騙されたのかも、と思ったわ。でも、本人が納得したのなら仕方がない。公也のために、将来の新たな出会いを期待したのよ。でも、結果的に公也は不幸になった。わたしがちょっと目を離した隙に、部屋で首を吊ったのよ。あのとき、思いどおりに結婚できていたら、公也は不幸な人生を歩まなくてもよかったのに」

「それで、安藤亜衣里さんに憎しみが向けられたんですか？　Wイニシャルを忌み嫌った彼女が、安藤という男性と結婚して安藤亜衣里になったから、余計、憎悪の感情を募らせたんですか？」

「公也のかわりに恨みを晴らしてあげただけ」

と、相川貴子は、晴れ晴れとした表情で答えた。「肉体を失った公也のかわりに、姉のわたしが」

――腎臓を一つ弟に提供したことで、彼女は弟と一心同体になったような錯覚を抱いてしまったのか。

俊はそう思ったが、本人には言わなかった。

「公也さんがそう望んでいたと、なぜ、あなたはわかったんですか？」

「あの子から電話がきたからよ」

こともなげに彼女は答える。

「電話に出て、すぐにあの子からだと直感したの。二度目の電話に『公也でしょう？』と聞いたら、『うん』ってあの子は答えたわ。あの子の声だった」

それは、中山周平がかけた電話だ。

「そのとき、公也さんはあなたに何か頼んだのですか？」

「言葉では言ってくれなかったけど、わたしには伝わってきた。なぜなら、そのあとすぐにメッセージを受け取ったから」

「メッセージ？」

「そう。水晶をのぞいて、公也の文字が浮かび上がったあとだった。散歩に出たら、家の近所に紙袋が落ちていた。ゴミ収集所でもないのにね。拾って家に持ち帰り、中を確かめたら、男女の名前が印刷されたアルバムのようなものが出てきたわ」

市川郁子と木村京美が会員になっていた結婚相談所『ジュネス』の成婚者リストだ。『ジュネス』の社員だった鈴木正孝が、退職するときに腹いせに持ち出したものである。

「公也が届けてくれたんだ、と思ったの。そこから、あの子のメッセージを読み取ったのよ。結婚によってWイニシャルになった女たちに、順番に罰を与えてくれ。そしたら、ぼくはよみがえる、この世に戻れる、お姉さんのそばに戻れる、ってね」

相川家の家宅捜索は続行中だが、その名簿はまだ発見されていない。

「その名簿はどうしたんですか？」

「さあ、どうしたかしら。消えてなくなったかも」

と、相川貴子はとぼけた。燃やしたかもしれない。俊は、占い師という顔を持つこの女のしたたかさを呪った。

「えせ女占い師め」

俊は、軽蔑をこめて吐き捨てるように言い、ちっ、と舌を鳴らした。

「何よ」と、相川貴子が気色ばみ、目の前の刑事の豹変ぶりに戸惑いを見せた。

「水晶の光を通してアルファベットが浮かび上がっただとか、死んだ弟に恨みを晴らしてほしい、と電話で頼まれただとか、拾った名簿は弟からのメッセージだとか、占ったら弟と亜衣里さんとの相性が最高だったとか、女性たちを生贄に選んだのは愛する弟を再生させるためだとか、あんたはご託を並べているが、でたらめな論理を積み重ねているだけにすぎない。あんたの本当の姿は、罪もない将来のある女性たちを手にかけた女殺人鬼、快楽殺人者だよ。四人もの尊い命を奪っておいて、さらに一人を監禁し、六人目も殺そうとした。安藤亜衣里さんの身辺を調査する時間はたっぷりあったし、拾った名簿からWイニシャルの女性をピックアップし、彼女たちの住所を調べ、どうやって接触したらいいかも考えた。すべて計画的犯行だったのは明らかだ。安藤亜衣里さんの左手首を切断したのは、薬指に結婚指輪がはまっていたからなのか。弟の花嫁になるはずだった彼女がそんなに憎らしかったのか？　市川郁子さんの自転車と左顔面には、血のような赤いペンキを吹きかけた。木村京美さんの左足を切断、そして、芳村曜子さんの左手薬指には、安藤亜衣里さんの指にはまっていたビーズの指輪をはめた。なぜ、そんな酷いことを？　と問われたら、『死んだ弟に、わたしの腎臓を一つあげたの。お腹の左側にあった腎臓を。だから、二つ揃っているものが疎ましくてたまらない。死んだ弟の無念さに通じる気がして。左右のバランスを崩したくて、死体の左側ばかり傷つけたり、何かをくっつけたりしたの』とでも答えるつもりだったか？　そうやって捜査をかく乱し、警察を混乱させて、世間を驚愕させるのが楽しかったのか？　自分は神に選ばれた特別な存在だとでも思っているのか？　占いは神秘的な領域だから理解できない、だから許してくれるとでも思ったのか？　異常者ぶって、正当な取り調べから逃れるつもりだったのか？　あんたの魂胆はお見通しだよ。しかし、そうはさせるものか。被害女性たちのためにきっちり罪を償ってもらう」

もう敬語など使ってはいられない。俊は、思いのたけをこの女に叩きつけてやった。稀に見る凶悪犯罪である。しかも、容疑者は女性で占い師だ。「精神鑑定でだいぶもめるでしょうね」と、警察内では、すんなり起訴できるものなのかどうか、とすでに危ぶまれている。

言葉を失った相川貴子は、ただ思いきり目を見開いて俊を見つめている。

「最初の犯行を自分の中で正当化するために、あんたは自分に都合のいい論理を積み重ねていった。弟のためなんかじゃない。あんたは、自分の恨みを最初に晴らしたかっただけなんだ。水晶に弟の名前のアルファベットが浮かび上がったというのも、あんたの幻覚にすぎない。幻覚を現実と思い込もうとしただけだよ」

「最初の犯行……」と、放心したような表情で、相川貴子が繰り返した。

「忘れた、とは言わせない。調べたんだからね」

と、俊は突きつけた。ヒントを与えてくれたのは、またもや堂本悠子だった。「男の人も結婚によって、Wイニシャルになることもあるんですね」と、堂本悠子は言ったのだ。彼女の兄がそうだという。

それで、俊は、相川貴子の弟が死んだあとに起きた未解決の殺人事件を調べた。神奈川県横浜市内のラブホテルで当時三十九歳の男性が刺殺された事件があったが、容疑者逮捕には至っていなかった。マスコミには伏せられていたが、被害者の左の耳たぶにライターの炎であぶったような傷跡があった。殺害後につけられた傷だと判明している。手口が似ている、と俊は直感し、被害者と相川貴子の接点を探ったのだった。

「高田文則という男性と、短大時代、あんたは交際していた。あんたは結婚するつもりだったかもしれないが、あっちにそのつもりはなかった。高田文則と結婚して、高田貴子になるのがあんたの夢だったのかもしれない。あんたの水晶占いでは、それが理想とされたのか。きょうだい揃ってWイニシャルに縁があったってことか。高田文則に捨てられたあんたは、ずっと彼を意識していた。何かの拍子に、現在、彼が結婚して妻の姓になっているのがわかったあんたは、彼に近づいて殺した。福地文則。F F。自分がほしかったWイニシャルを彼が獲得していた。皮肉な話だよな。それで、復讐(ふくしゅう)を果たしたつもりになった。二十年近い時が流れていたから、彼にはあんたの顔がわからなかったのかもしれない。もっとも、化けるのはお手のものだろうね」

「すべてわかったような口調で言うのは、やめてちょうだい」

相川貴子は、こちらを威嚇するように拳(こぶし)で机を叩いた。だが、その顔は青ざめ、まばたきの回数が明らかに増えている。

「わかりたくないよ」

と、俊は言い返した。「あんたみたいな女は、死んでも理解したくはないね」

エピローグ

目の高さに上げたグラスのシャンパンが黄金色に輝いている。細かな気泡が目の前で弾け、それがこの場にいる者たちの気分を表しているようで、悠子の気持ちも明るくなった。

「乾杯」

と、悠子は、向かいの峯村道子のグラスに自分のグラスを当て、さらに隣の仁科のグラスにも当てた。

「乾杯」

仁科も言い、婚約者の峯村道子へ顔を向けて微笑んだ。

「本当によかったですね」

と、シャンパンをひと口飲んで、悠子は言った。

「ええ、ありがとう。心配かけたわね」

峯村道子は笑顔を保って言ったが、まだ監禁されたときの傷が癒えていないのだろう、と悠子は察した。殴られた頭の傷は完治しても、心の傷が癒えるには時間がかかるだろう。形だけ乾杯しただけで、シャンパンには口をつけていない。

神楽坂の『ビストロ・キャトル』に来ている。峯村道子と仁科に声をかけて、快気祝いを企画したのは悠子だった。

「でも、わたしは運がよかっただけで、四人もの女性が命を奪われて……」

峯村道子の声が沈んだ。

「いや、五人だよ。男も殺されている。昔、相川貴子とつき合っていた男だったとか」

険しい表情で仁科が言い、「恐ろしい女だね」と、身体を震わせるしぐさをした。

——恐ろしい女。

悠子も相川貴子という女を恐ろしい女だと思っているが、マスコミの表現はもっと過激だ。悪魔の使い手、稀代の悪女、平成によみがえった魔女、などとこぞって書いている。相川家の離れの大型冷蔵庫からは、被害者の切断された手首や足が発見された。冷凍庫にかちかちに凍った状態で入っていたらしい。相川貴子が占い師をしていた経歴から「水晶を操る魔法使い」と称した週刊誌もあったが、彼女は「吉魔世」というペンネームを使っていたという。吉魔世。きちまよ。何か意味があるはずだ、と悠子は考えた。相川貴子の名前の貴子を「TAKAKO」とローマ字で書き、弟の公也の名前「KIMIYA」と並べてみた。両方に共通のアルファベットを消し、合体させて、いろいろに並べ替えてみたら、「KITIMAYO」になった。二人の名前のアナグラムの変形だ。だが、偶然できた名前かもしれない。そのことは、刑事の井垣には伝えていない。

「女性だから油断したんでしょうか。亜衣里さんも誘い出されて、峯村課長も……」

悠子が言いかけると、

「この人、高級ワインには目がないからね」

と、仁科が婚約者を笑いながら睨んだ。

「すみません。今日は、シャトーマルゴーもロマネコンティもなくて」

「充分ですよ。これは、正真正銘のシャンパンですしね。フランスのシャンパーニュ地方産」

仁科は、「おいしいですよ。ごちそうさまです」と、言葉どおりにおいしそうにシャンパンを飲んだ。

「峯村課長、名前はどうするんですか？　結婚してもいまの峯村姓のままですか？」

改めて悠子は問うた。事件が解決したいま、支障はなくなったはずだ。峯村道子のままでも狙われる危険性はない。

「ああ、どうでもよくなったの」

と、峯村道子は答え、肩をすくめた。「名前なんて記号みたいなものだから」

「じゃあ、いまのままでもいいって意味ですか？」

「ううん、記号みたいなものにすぎないから、そんなにこだわる必要もないかな、ってね」

「じゃあ、仁科道子にするって意味ですか？」

「まあ、どっちでもいいんだけどね」

「はっきりしてください」

悠子がさっきの仁科のように睨むまねをすると、

「どっちでもよかったんだけど、そうもいかなくなって」

と、峯村道子は言い、隣の仁科に視線を移した。二人は、顔を見合わせて笑っている。

「二人きりならどっちでもいいんだけど、二人きりでなくなるとなると……」

仁科が言いかけ、また婚約者と見つめ合って笑っている。

「どういう意味ですか？　はっきり言ってください」

悠子が苛立ち（いらだ）を示すと、

「子供ができたのよ」

と、峯村道子が言った。「だから、子供の将来のためにも籍を入れないわけにはいかなくなってね」

悠子は、声を失った。予想外の「事件」だ。妊娠しているから、峯村課長は大好物のシャンパンにも口をつけないのか。

「でも、峯村課長は、四十五歳で……」

「あら、四十五でも妊娠するのよ。四十五歳での妊娠率は、約二パーセント」

「あ……そうですね。おめでとうございます」

驚かされはしたが、喜ばしいできごとではある。「じゃあ、いま、ここには四人いるってことになりますね」

「キャトル」という店名のように。

「超高齢出産に乾杯」

悠子は、もう一度シャンパングラスを持ち上げた。

『ダブル・イニシャル』あとがき

本書に登場する警視庁捜査一課の刑事、井垣俊は、角川ホラー文庫の『ひとり』でデビューしました。

小学生のときに母親を病気で亡くし、高校生のときに捜査一課の刑事だった父親を不慮の事故で亡くしています。その後、姉の美江と二人、伯父に引き取られて育てられましたが、美江は看護師になる夢を叶え、俊は母親の遺言に従って刑事の道を選ぶ決意をしたのです。

そして、現在は、離婚した美江とその一人息子と一緒に住み、甥である慶太の父親がわりをしています。

多忙な刑事の仕事と複雑な形の家庭を両立させている男を魅力的に描いてみたい。それが、『ひとり』や『ダブル・イニシャル』を書く動機につながりました。

前作『ひとり』でも妙齢の女性との絡みがありましたが、今回も気になる女性を登場させました。それでも、やはり、姉と甥を支えているという責任感が邪魔して、なかなか結婚、いや、その前段階の交際に踏み切れないでいる男です。

これからも、井垣俊という男の成長を見守っていきたいと思っています。ぜひ、ホラー文庫から出ている『ひとり』も読んでみてください。

それから、驚愕（きょうがく）の事件も次々と作り出していくつもりです。

同じくホラー文庫の短編集『指先の戦慄（せんりつ）』のあとがきに、わたしはこう書きました。

——わたしは小さいころから怖い物語が大好きだった。兄たちが読んでいた恐怖漫画に夢中になった。小説や漫画や映画などの虚構の世界で怖い体験を見聞きしてしまえば、現実の世界では怖い目に遭わずに済む、と考えていた節があったようだ。「怖い」という感情が、人間が自分の身を守るために備わっているのだとしたら、ホラー短編を読む作業は、危機意識を高めることに大いに役立つのかもしれない。

小説は想像力を鍛えるもの、多様な生き方や考え方を学ぶもの、と昔から思ってきました。危険を回避したり、困難に打ち勝ったりするための想像力も養ってくれるはずで、知恵も与えてくれるはず。怖がりのわたしはそう信じながら、今後も怖い小説を書いていくことでしょう。

本作品は書き下ろしです。

ダブル・イニシャル

新津(にいつ)きよみ

平成24年 5月25日　初版発行
平成26年 9月5日　再版発行

発行者●堀内大示

発行所●株式会社KADOKAWA
〒102-8177　東京都千代田区富士見2-13-3
電話 03-3238-8521（営業）
http://www.kadokawa.co.jp/

編集●角川書店
〒102-8078　東京都千代田区富士見1-8-19
電話 03-3238-8555（編集部）

角川文庫 17416

印刷所●旭印刷株式会社　製本所●株式会社ビルディング・ブックセンター

表紙画●和田三造

ISBN978-4-04-100283-4　C0193

角川文庫発刊に際して

角川源義

第二次世界大戦の敗北は、軍事力の敗北であった以上に、私たちの若い文化力の敗退であった。私たちの文化が戦争に対して如何に無力であり、単なるあだ花に過ぎなかったかを、私たちは身を以て体験し痛感した。西洋近代文化の摂取にとって、明治以後八十年の歳月は決して短かすぎたとは言えない。にもかかわらず、近代文化の伝統を確立し、自由な批判と柔軟な良識に富む文化層として自らを形成することに私たちは失敗して来た。そしてこれは、各層への文化の普及滲透を任務とする出版人の責任でもあった。

一九四五年以来、私たちは再び振出しに戻り、第一歩から踏み出すことを余儀なくされた。これは大きな不幸ではあるが、反面、これまでの混沌・未熟・歪曲の中にあった我が国の文化に秩序と確たる基礎を齎らすためには絶好の機会でもある。角川書店は、このような祖国の文化的危機にあたり、微力をも顧みず再建の礎石たるべき抱負と決意とをもって出発したが、ここに創立以来の念願を果すべく角川文庫を発刊する。これまで刊行されたあらゆる全集叢書文庫類の長所と短所とを検討し、古今東西の不朽の典籍を、良心的編集のもとに、廉価に、そして書架にふさわしい美本として、多くのひとびとに提供しようとする。しかし私たちは徒らに百科全書的な知識のジレッタントを作ることを目的とせず、あくまで祖国の文化に秩序と再建への道を示し、この文庫を角川書店の栄ある事業として、今後永久に継続発展せしめ、学芸と教養との殿堂として大成せんことを期したい。多くの読書子の愛情ある忠言と支持とによって、この希望と抱負とを完遂せしめられんことを願う。

一九四九年五月三日